Les noces d'Eve

RACHAEL STEWART

Les noces d'Eve

AZUR

HARLEQUIN

Collection : Azur

Titre original :
RELUCTANT BRIDE'S BABY BOMBSHELL

HARPERCOLLINS FRANCE
83-85, boulevard Vincent-Auriol, 75646 PARIS CEDEX 13
Service Clients — https://www.harlequin.fr/contenu/contactez-nous
ISBN 978-2-2805-1741-6 — ISSN 0993-4448

Édité par HarperCollins France.
Composition et mise en pages Nord Compo.
Imprimé en septembre 2025 par ScandBook UAB en Lituanie
en utilisant 100% d'électricité renouvelable.
Dépôt légal : octobre 2025.

FSC
www.fsc.org
MIXTE
Papier | Pour une gestion forestière responsable
FSC® C021394

Pour limiter l'empreinte environnementale de ses livres, HarperCollins France s'engage à n'utiliser que du papier fabriqué à partir de bois provenant de forêts gérées durablement et de manière responsable.

Prologue

Londres, juin

Les yeux rivés à l'écran de son ordinateur, Eve guettait anxieusement le compte à rebours de l'appel vidéo.

Elle vérifia sa coiffure. Pas une mèche ne s'échappait de son chignon serré.

Elle lissa les revers de sa veste de tailleur et s'assura une dernière fois que tout était bien rangé à l'arrière-plan. Le décor de son bureau tout en verre et acier, très sophistiqué, témoignait de sa réussite.

Tout est parfait, se dit-elle.

Sauf qu'intérieurement, elle ne se sentait pas du tout à la hauteur.

Son père était mort depuis un mois. *Un mois*. Et elle n'avait pas versé une larme.

Elle n'était pas retournée en Australie depuis très longtemps, même pas pour assister aux obsèques nationales. Ses sœurs et le pays tout entier pleuraient la disparition d'une personnalité de première importance. Eve ne lui avait pas octroyé une pensée.

Aujourd'hui, elle était bien obligée d'assister en visio

à la lecture du testament. Mais elle n'y attachait aucune importance.

Elle s'en moquait éperdument et n'en attendait strictement rien. Elle avait quitté une fois pour toutes sa vie d'avant en émigrant et avait tout ce qu'il lui fallait ici, à Londres. Un bel appartement, un job de rêve comme directrice de la communication dans une grande entreprise et un salaire que beaucoup lui enviaient.

Oui, tout allait bien pour elle.

Les apparences parlaient en sa faveur et elle avait une fois de plus l'occasion de briller.

Ses grands-parents l'avaient accueillie dix ans plus tôt, lorsque la découverte d'un horrible secret familial l'avait poussée à fuir l'Australie. Ils avaient dès lors joué un rôle prépondérant dans son éducation. Grâce à eux, elle avait appris à se comporter en société et maîtrisé la gaucherie et la maladresse qui lui valaient le surnom de Bambi dans son enfance. *Bambi !*

Adolescente, elle rêvait du prince charmant qui la métamorphoserait en une gracieuse créature. À l'époque, elle croyait encore à la belle histoire d'amour qui avait réuni son père et sa mère.

Malheureusement, ses yeux s'étaient dessillés brutalement et elle avait relégué les contes de fées aux oubliettes, pour les remplacer par des ambitions plus matérialistes.

À vingt-huit ans, elle s'enorgueillissait de figurer dans la liste des jeunes femmes les plus couronnées de succès. Son père aurait été fier de sa réussite si elle n'avait pas complètement coupé les ponts.

Maintenant, il était trop tard, de toute façon.

L'écran s'alluma et la vue du décor familier l'émut malgré

elle. La lecture du testament se déroulait évidemment dans le bureau paternel, le cœur de Garrison Downs, une pièce rendue célèbre par les magazines people et de nombreux reportages télévisés. D'importantes personnalités du monde de l'agriculture et de l'industrie y avaient été interviewées. Enfant, Eve était juste sensible à l'atmosphère douillette et confortable de ce bureau. Elle n'avait pas conscience de la notoriété de son père, qui gérait une propriété gigantesque. Avec sa superficie d'un million d'hectares, le ranch familial était l'un des plus vastes de l'outback australien.

Elle serra les poings en s'efforçant de se concentrer sur le moment présent. La caméra balaya l'assistance. Il y avait plus de monde qu'elle n'aurait pensé. Elle ne reconnut que trois personnes.

Le notaire, George Harrington, était assis derrière le grand bureau en bois massif. La vue de Matilda, toute recroquevillée sur le canapé en velours, serra le cœur d'Eve qui se demanda pourquoi leur sœur aînée ne s'approchait pas pour la consoler.

Le dos très droit, sur une chaise à part, Rose affichait une posture rigide. Taillée dans la même étoffe que leur père, elle avait toujours fait preuve d'une force de caractère exceptionnelle, même si elle avait aussi hérité la douceur maternelle. En salopette, les cheveux relevés en queue-de-cheval, elle arrivait manifestement du travail. Elle ne perdait jamais une minute et se donnait tout entière à l'exploitation de Garrison Downs, sans jamais relâcher ses efforts, même en ce moment difficile où la mort avait frappé un coup imprévu. Comme la plupart, elle idolâtrait le défunt...

— Ah, Evelyn ! s'écria le notaire. Vous m'entendez bien ?

Eve se raidit.

— Parfaitement bien, monsieur Harrington.

Rose tressaillit légèrement et Matilda se tourna à demi.

— Commencez, je vous en prie, dit Eve pour éviter de parler à ses sœurs devant tout le monde.

Se sentant tout à coup très vulnérable, elle préférait entrer directement dans le vif du sujet.

Harrington se gratta la gorge et entama la lecture.

Cela commençait par une estimation des biens et de la fortune, une énumération fastidieuse de chiffres, de propriétés, d'actions boursières... Même si elle ne respectait pas Holt en tant que père et mari, Eve lui reconnaissait des capacités indéniables de gestionnaire et homme d'affaires.

Puis Harrington en vint à un plan plus personnel. Matilda s'agita nerveusement.

Va auprès d'elle, Rose, souffla Eve intérieurement.

Ce ne fut pas sa sœur qui obéit, mais River, le border colley de leur père. Il s'installa aux pieds de Tilly, au grand soulagement d'Eve qui aurait tant voulu la réconforter.

Elle n'en avait jamais eu le cran.

Lâche.

Harrington toussota.

— Je lègue à mes filles tous les biens susmentionnés, ainsi que la totalité du domaine de Garrison Downs.

C'était sans surprise. Conforme aux attentes.

Eve céderait sa part à la première occasion.

— Je souhaite que ma fille aînée, Rose Lavigne Waverly, prenne la direction de l'exploitation. Si elle en est d'accord. Sinon, je m'incline devant son choix.

Encore une fois, cela allait de soi. Alors, pourquoi Rose

semblait-elle sur le qui-vive ? Personne mieux qu'elle ne s'occuperait du ranch.

— Je dois maintenant demander à toutes les personnes qui ne sont pas de la famille de nous laisser, dit Harrington.

La pièce se vida lentement. Chaque seconde qui passait mettait les nerfs d'Eve à rude épreuve.

— Désolé, mais votre père a rédigé des clauses strictement confidentielles.

Le notaire donnait l'impression d'hésiter. Pourquoi ?

Il ôta ses lunettes et les posa sur la pile de documents.

— Il existe une condition attachée au legs, qui remonte à l'époque où votre famille est entrée en possession de la propriété.

« Vous n'ignorez pas que l'histoire de Garrison Downs est extrêmement compliquée, depuis que votre arrière-arrière-grand-mère l'a gagnée au poker en 1904.

C'était plus stupide que compliqué, songea Eve. De toute façon, les Garrison étaient toujours extrêmement riches avec leur propriété de Kalku Hills, plus au sud. Mais la légende avait la vie dure et une haine farouche opposait toujours les Garrison aux Waverly.

— La question s'est posée à chaque fois que la terre a été léguée en héritage, reprit Harrington en chaussant de nouveau ses lunettes.

« Le domaine revient de droit à tout héritier mâle vivant appartenant au clan Waverly.

« En l'absence d'héritier mâle, toutes les filles en âge de se marier doivent obligatoirement convoler en justes noces dans l'année qui suit la lecture du testament, cela afin de pouvoir hériter légalement.

Eve cilla plusieurs fois les paupières. Avait-elle bien

entendu ? Perdaient-elles vraiment leurs droits en étant célibataires ?

C'était ridicule !

Elle éclata d'un rire grinçant qui résonna et surprit tout le monde.

— Tu trouves cela drôle ? explosa Rose.

— Plutôt, oui ! Dans quel siècle vivons-nous, M. Harrington ?

— La terre est transmise de père en fils, intervint Matilda calmement. Nous, les filles, ne pouvons hériter qu'en étant mariées.

Rose bondit furieusement sur ses pieds.

— Cela ne peut pas être légal ! Pas à notre époque !

— Elle a raison, acquiesça Eve.

— Cela semble obscur et dépassé, opina Harrington. Néanmoins, c'est la tradition. Votre père ne l'a pas désavouée.

— La situation ne s'est jamais présentée avant ? demanda Rose.

— Papa était enfant unique, expliqua Matilda. Son père, Pop, avait deux frères. L'un est mort de la rougeole et l'autre s'est noyé, le laissant seul héritier. Les Waverly ont toujours engendré au moins un garçon solide, bien charpenté et passionné par les travaux des champs. Jusqu'à nous.

L'estomac d'Eve se contracta. On n'allait tout de même pas accuser leur mère d'avoir mis des filles au monde, maintenant !

— Qu'adviendra-t-il si nous refusons de... nous marier ? s'enquit Rose.

— Les terres retourneront à la famille Garrison. À Clay Garrison.

Rose faillit s'étouffer.

— Cet imbécile n'est même pas capable de monter à cheval !

— Le fils a des qualités...

— *Lincoln* ? Il n'est bon qu'à faire la fête. Je refuse d'envisager pareille éventualité !

— Ne t'inquiète pas, Rose, dit Eve en retrouvant sa voix. Cela n'arrivera pas. C'est impensable.

Harrington reprit la parole.

— En attendant, à moins que les quatre filles biologiques de Holt Waverly se marient dans les douze mois à compter d'aujourd'hui...

— Douze mois ! se récria Rose. Impossible... Aucune de nous n'a de relation suivie en ce moment. Eve ? Tilly ?

Eve se pencha sur l'écran. Avait-elle bien entendu ? Harrington avait dit *quatre*. *Quatre* filles...

— Vous avez dit *quatre* filles. Nous ne sommes que trois, protesta Matilda.

Saisie d'une impulsion soudaine, elle se retourna vers un endroit qu'Eve ne voyait pas.

— Qui êtes-vous ?

— À qui parles-tu ? demanda Eve.

Tout le monde était censé avoir quitté la pièce.

— Ana, répondit une voix hésitante.

Harrington se leva.

— Approchez ! dit-il en tendant les bras vers une jeune fille brune qui s'avançait.

Eve blêmit, aux quatre cents coups.

— Anastasia, dit Harrington, je vous présente Matilda Waverly. Ainsi que Rose, et sur l'écran Evelyn. Mesdemoiselles, voici Anastasia Horvath.

L'inconnue agita timidement la main.

— Enchantée.

Matilda répondit poliment, tandis que Rose regardait la nouvelle venue comme si elle voyait un fantôme. Eve resta sans réaction.

— Ana est la fille de votre père, reprit Harrington. Votre demi-sœur. Conformément au testament, elle a droit à sa part d'héritage. À condition de répondre aux exigences.

Un lourd silence tomba. Incapable d'émettre un son, Eve eut l'impression de perdre pied, comme si elle se noyait. Elle avait sous les yeux l'incarnation du mensonge qui lui avait fait quitter Garrison Downs.

— Ce n'est pas possible, chuchota Matilda.

Seule Eve connaissait la vérité. Elle maîtrisa tant bien que mal le torrent de ses émotions. Ses parents l'avaient obligée à garder le secret, mais elle n'avait jamais imaginé que l'infidélité de son père avait eu de telles conséquences. Cette pauvre Ana n'était pas responsable, mais elle n'arrivait pas à la regarder en face.

Rose dévisagea curieusement sa sœur Eve à l'écran. Manifestement, elle avait tout deviné.

— Evie… Tu étais au courant ? Est-ce pour cela que…

— Désolée, je dois vous laisser, trancha Eve en coupant abruptement la communication.

Elle tremblait comme une feuille.

Kim, son assistante, l'aperçut derrière la vitre et se précipita pour baisser les stores.

— Va te reposer chez toi. J'annule tous tes rendez-vous.

Eve s'affala sur une chaise. Elle ne pouvait même pas partager son désappointement avec ses sœurs à Garrison Downs. L'héritage de son père se révélait aussi destructeur que l'homme lui-même, qui continuait à tout contrôler d'outre-tombe. Il les forçait à se marier alors qu'il n'avait même pas été capable de respecter ses engagements !

Quelle farce ! Quelle hypocrisie !

Je ne t'obéirai pas, cher papa.

Elle s'était promis depuis longtemps de ne jamais s'engager, ni tomber amoureuse. Un testament ne changerait rien à ses résolutions.

Néanmoins, elle veillerait sur les droits de ses sœurs.

Il n'était pas question de se soumettre à une clause aussi invraisemblable.

Elle se battrait bec et ongles pour invalider ces conditions d'un autre âge.

1

À quelques kilomètres de Marni,
dans l'outback du sud de l'Australie, septembre

Si quelqu'un, trois mois plus tôt, avait dit à Eve qu'elle prendrait un congé sabbatique pour retourner à Garrison Downs, elle lui aurait ri au nez.

Le travail était toute sa vie.

Et le ranch un enfer.

Elle était pourtant bel et bien à l'arrière d'un taxi, non loin de Marni, la ville la plus proche de la propriété familiale perdue au milieu de nulle part.

Sentant déjà l'étau se resserrer, elle avait envie de retarder un peu son arrivée.

Elle passa une main sur sa nuque moite de transpiration. Il faisait seize degrés à l'intérieur, elle ne pouvait pas demander au chauffeur de baisser encore la climatisation.

Pour faire diversion, elle alluma son ordinateur portable. Sa nervosité empira devant la photo qui avait déclenché ce voyage au bout du monde.

Matilda. Sa petite sœur. En robe de mariée ! Et princesse en titre !

Quel choc !

Matilda proclamait qu'elle était véritablement amoureuse, et que l'événement n'avait strictement rien à voir avec la clause du maudit testament paternel.

Tout de même… Était-ce possible ?

Les mariés avaient l'air éperdus de bonheur sur la photographie officielle publiée par le service de presse de la principauté de Montjoie. La chère petite Tilly aurait donc trouvé l'amour et le prince charmant, comme dans un conte de fées ? C'était complètement surréaliste. Autant que la situation dans laquelle se retrouvaient les trois autres sœurs…

En tout cas, la joie de Tilly faisait plaisir à entendre et était communicative. Lors de leur dernière conversation téléphonique, elle s'était montrée intarissable.

Naturellement, Eve serait là pour la consoler le jour où cela irait moins bien. Car la vie ne manquerait pas de les mettre à l'épreuve dans un an ou deux, plus tard peut-être…

Pour les autres, la pression restait forte.

Depuis trois mois, Eve consultait sans arrêt les cabinets d'avocats. Sans succès. Néanmoins, elle refusait toujours de capituler et baisser les bras.

Elle fit défiler l'article jusqu'à un portrait de leur père, comme s'il était absolument nécessaire de parler de lui…

Réprimant la nausée qui montait, Eve rabattit son portable.

Comment pouvait-il leur imposer pareille obligation après s'être aussi mal conduit ?

Paradoxalement, l'histoire d'amour de ses parents avait été montée au pinacle et célébrée dans toute l'Australie. Leur famille était montrée en exemple et leur couple symbolisait le bonheur et la prospérité…

Quelle comédie !

Au moins, ses sœurs connaissaient maintenant la vérité. Eve n'était plus obligée de se taire. Mais le temps passait. Elles n'avaient plus que neuf mois pour trouver une solution. Il le fallait. Au moins pour Rose.

Eve avait mis de la distance depuis longtemps, mais Garrison Downs était tout pour sa sœur aînée, qui s'y investissait corps et âme. Désormais, Matilda était casée. Anastasia, Eve s'en moquait un peu et préférait l'oublier. Rose, en revanche, comptait plus que tout.

Mais au point de se marier ?

Elle frissonna à cette idée. Rose irait-elle jusque-là ? Aucune femme ne méritait de sacrifier sa vie et son indépendance pour un héritage.

Il fallait rester lucide.

Chez les Harrington, Marni, septembre

— Il faudra suivre de près les filles Waverly.

— Les jeunes femmes, papa, corrigea Nate en quittant la fenêtre d'où il observait sa mère dans le jardin. Elles ont toutes largement au-dessus de vingt ans.

Son père toussota.

— Cesse de me reprendre constamment, je te prie.

Nate se tut. Il n'avait plus envie de batailler, surtout avec un homme vieillissant et fatigué. George Harrington marchait maintenant avec une canne. Ses cheveux striés de gris s'éclaircissaient et ses yeux noisette s'enfonçaient dans leurs orbites derrière des petites lunettes rondes. C'était bien la première fois qu'il faisait appel à son fils.

Nate réprima un soupir désabusé. Il avait si longtemps espéré un signe pour prendre la succession de son père...

Malheureusement, ce dernier ne l'estimait pas suffisamment pour lui céder la direction de son cabinet. Il avait fallu qu'il tombe malade pour songer à lui. Apparemment, il n'avait pas d'autre candidat en vue.

— Pour moi, elles seront toujours les filles de Holt, marmonna Harrington. Et nous avons le devoir de veiller sur elles.

En fait, son fils ne comptait pas beaucoup à ses yeux. Il avait juste besoin de quelqu'un pour le remplacer.

Si la situation avait été différente, si son père lui avait manifesté un peu d'affection, Nate ne serait pas parti s'établir à Sydney.

— Il faudrait surtout supprimer cette clause d'un autre âge, risqua Nate.

— Elle existe pour une bonne raison. Pour leur bien et la préservation du patrimoine.

— Si tu le dis...

— Ne sois pas ironique.

— Je ne me moque pas de toi, mais des conditions testamentaires.

— Il faudra pourtant bien les respecter.

— À tes ordres, papa.

Nate enfonça les mains dans les poches de son jean et retourna près de la fenêtre. Un sourire aux lèvres, sa mère cueillait des tomates. Elle était tellement heureuse de le voir ! Il se sentait horriblement coupable de ne pas venir plus souvent. Il n'avait même pas envie d'être là en ce moment...

— Je me demande si je peux avoir confiance en toi.

Nate réprima un rire amer.

— Ce n'est pas nouveau, papa.

Nate continua à regarder sa mère, comme toujours quand il avait besoin de chaleur et d'affection. Il lui ressemblait tellement, avec ses cheveux blonds, ses yeux bleus et sa joie de vivre. Son père, au contraire, était toujours d'humeur morose et taciturne. Comment faisait-elle pour le supporter ?

— C'est très important pour moi, reprit son père. Tu dois...

— Tu peux compter sur moi, coupa Nate. J'ai accepté de revenir pour prendre la relève. Je le ferai.

Son père maugréa quelque chose d'incohérent. De toute manière, Nate en avait terminé. La discussion était close, il ne s'attarderait pas une minute de plus, malgré tout son amour pour sa mère. En présence de son père, le complexe d'infériorité qui l'avait écrasé toute son enfance recommençait à s'insinuer en lui. Il suffoquait.

Il avait pourtant atteint le sommet de la réussite en rejoignant un cabinet juridique international dont il était le plus jeune associé et il habitait un somptueux penthouse en face de l'opéra de Sydney. Rien n'y faisait. Devant son père, il redevenait un petit garçon immature et complexé.

— Juste une chose, dit-il. Comment les choses en sont-elles arrivées là ? N'ayant pas de fils, Holt avait forcément réfléchi à la question...

— Il ne m'en a jamais parlé.

— Tu aurais pu aborder le sujet avec lui.

Il fronça les sourcils.

— L'idée de contraindre quatre jeunes femmes au mariage ne te choque pas ?

Pourquoi relançait-il le débat ? Ce n'était pas la peine. Il avait fait ce qu'il fallait, récupéré les clés du bureau et classé les dossiers pour les envoyer à Sydney éventuellement, s'il décidait de retourner là-bas.

Plus rien ne le retenait. Sauf sa mère, songea-t-il en agitant la main dans sa direction.

— Holt avait sûrement ses raisons, dit le vieil homme.

— Mais tu ne l'as jamais interrogé là-dessus.

— Il était maître de ses décisions.

— Mais toi, en tant que notaire...

Pris d'une quinte de toux, George Harrington s'étouffa et Nate se précipita pour le soutenir.

— Laisse-moi ! protesta le vieil homme en le repoussant.

Il récupéra peu à peu son souffle.

— En tant que notaire, je respectais ses volontés. Il souhaitait que ses filles n'endossent pas seules la responsabilité de Garrison Downs. Je le comprends. Lui-même partageait tout avec Rosamund...

— Comment peux-tu dire une chose pareille maintenant que tout le monde est au courant ?

Comme tout un chacun, Nate avait cru jusque très récemment au conte de fées idyllique entre le magnat des affaires Holt Waverly et l'aristocrate anglaise Rosamund Lavigne. Mais l'existence d'Anastasia avait fait voler cette belle fable en éclats.

— Ils ont traversé quelques épreuves, je te l'accorde. Mais ils les ont surmontées.

— Que s'est-il passé ?

Son père lui jeta un regard bizarre.

— Ce n'est pas à moi de le dire. Quoi qu'il en soit, la liaison de Holt n'a pas duré longtemps. Son mariage avec Rosamund a survécu et leur amour en est sorti renforcé.

Nate secoua la tête.

— Ah...

Son père hésita et se perdit un instant dans ses pensées.

— Holt espérait sans doute que l'héritage les rapprocherait.

— Qui cela ?

— Les sœurs. À part Rose et Matilda, elles mènent des existences séparées. Evelyn ne revient jamais en Australie... Quant à Anastasia, même s'il regrettait son écart de conduite, il avait certainement envie de l'inclure dans la famille.

« La clause peut sembler sexiste et dépassée...

— Elle l'est, papa. Indéniablement.

Son père soupira, ôta ses lunettes et se frotta le front.

— Holt l'a voulu ainsi et nous devons respecter son choix. Pour la suite, tu agiras comme bon te semblera. Tu retourneras à Sydney si tu veux, loin de Marni et du milieu où tu as grandi...

Nate s'abstint de tout commentaire. De toute façon, son père n'écoutait jamais ce qu'il avait à dire.

— Si tu décides rester pour faire fructifier ton héritage, à l'instar des filles de Holt, ta mère en sera ravie.

« En attendant, je ne te demande qu'une chose, mener à bien cette mission. Je serais très fier...

— *Fier ?* répéta Nate, dubitatif.

À trente-cinq ans, il avait de quoi s'étonner.

— Tu ne peux pas me refuser cela ?

Que d'incompréhension, entre eux deux... Mais il était trop tard pour espérer conquérir l'amour paternel.

— Je ferai mon travail consciencieusement, papa. Ni plus, ni moins. Si tu n'as rien à ajouter, je m'en vais.

— Ah bon ? Ta mère espérait t'avoir à dîner.

— Et toi ? lança Nate malgré lui.

— Nous pouvons mettre de côté nos désaccords le temps d'un repas.

Nate secoua la tête.

— Pas aujourd'hui.

Il ouvrit résolument la porte et s'obligea à inspirer profondément avant de se diriger vers sa mère.

— Mon chéri ! s'écria-t-elle, une lueur d'espoir dans les yeux.

— Maman...

— J'ai ramassé des légumes...

— Je viendrai dimanche, maman.

Il l'embrassa affectueusement sur la joue pour adoucir sa déception.

— Cela ne t'empêche pas de rester ce soir... Nous ne t'avons pas vu depuis si longtemps ! Ta chambre est prête.

— Une autre fois...

— N'insiste pas, Sue-Ellen, commanda George sur le pas de la porte.

— À dimanche, maman.

Ignorant son père, Nate embrassa de nouveau sa mère, mit son casque, enfourcha sa Harley et démarra en direction du centre-ville.

À la lisière du désert, Marni était une grosse bourgade dotée d'un supermarché, d'une école, d'un cinéma et de nombreux pubs dont un disposait de chambres à louer. C'était là que Nate avait élu domicile en attendant de trouver un appartement. Une bonne bière lui permettrait de décompresser après son entrevue, toujours douloureuse, avec son père.

Des échos de musique country s'échappaient par les fenêtres grandes ouvertes. La véranda rustique et ombragée accueillait déjà des clients à l'humeur festive.

Une voiture noire arriva sur le parking au moment où Nate garait sa moto. La jeune femme qui en descendit n'était sûrement pas du coin. Perchée sur des hauts talons invraisemblables, elle était tout de blanc vêtue, avec un cou de cygne et de longs cheveux blonds qui flottaient sur ses épaules.

Personne ne s'habillait ainsi dans l'outback, où la poussière rouge collait à la peau et salissait vos vêtements.

Qui était cette créature éblouissante et que faisait-elle là ?

2

Eve sortit du taxi, étira ses membres engourdis par le long trajet et, assaillie par la touffeur de l'atmosphère, faillit retourner dans le refuge de l'habitacle climatisé.

Elle n'avait certes pas oublié les températures parfois très élevées de l'outback, mais on n'était encore qu'au printemps, pas au milieu de l'été ! En outre, le soleil était déjà bas dans le ciel. Les ombres s'allongeaient sur la bâtisse en bois où elle s'apprêtait à loger pour la nuit.

Enfant, Eve était souvent passée devant le Royal Oak, mais sans jamais pousser les portes à double battant. La musique country et les rires tapageurs qui s'en échappaient ne l'incitaient guère à s'aventurer à l'intérieur, mais elle n'avait pas le choix. C'était le seul établissement de la petite ville qui disposait de chambres à louer.

Repoussant ses lunettes de soleil dans ses cheveux, elle plissa le nez. Ce serait une expérience. Et cela lui permettait de retarder encore un peu le retour au ranch qu'elle appréhendait tant.

Cela faisait huit ans qu'elle n'était pas revenue.

Huit ans s'étaient écoulés depuis les obsèques de sa mère… Elle se sentait déjà une étrangère, à l'époque. Pressant une main sur son cœur, elle réprima un frisson.

— Je porte vos bagages à l'intérieur, madame ? demanda le chauffeur.

— Non, merci, je peux le faire.

L'homme se gratta le crâne en fronçant les sourcils. Il se demandait probablement ce qu'elle faisait dans un endroit pareil. Il n'avait pas tort. Marni appartenait à son passé. Plus vite elle repartirait, mieux cela vaudrait.

Il remit sa casquette et redémarra dans un nuage de poussière rouge. Eve toussa avec une grimace. Ses habits étaient déjà tout sales, comme un signe de mauvais présage.

Rejetant cette pensée stupide, Eve passa la bandoulière de son sac de voyage à son épaule, et empoigna sa valise à roulettes... qui ne bougea pas d'un centimètre.

Que se passait-il ?

Elle essaya de nouveau, se pencha pour voir ce qui bloquait et pesta furieusement. La sueur dégoulina sur son front.

— Allez !

Une moto vrombissante couvrit le son de sa voix. Aussitôt, les cheveux de sa nuque se hérissèrent. Elle se débrouillait parfaitement seule et n'avait pas besoin de public.

— Je peux vous aider, mademoiselle ? lança le nouveau venu en coupant le moteur.

— Non, merci.

— Comme vous voudrez.

Eve tira de toutes ses forces, faillit basculer en avant et finit par triompher de l'adversité sans paraître trop ridicule. Elle poussa la porte du pub et...

Oh là là...

La musique, assourdissante, cassait les oreilles. Le plancher en bois résonnait sous ses pieds et une odeur de bière flottait dans l'air. Le décor de style cow-boy, résolument viril, la mit d'autant plus mal à l'aise que tous les regards se tournèrent curieusement vers elle.

Malgré la célébrité de sa famille, personne ne la reconnut. La jeune femme qu'elle était devenue n'avait plus rien de commun avec l'adolescente d'autrefois. Elle avait pris soin de réserver sous un nom d'emprunt pour tenir les commérages à distance le plus longtemps possible.

Elle se redressa et continua à avancer, la gorge sèche. Vite, à boire. D'abord un verre d'eau. Ensuite, un verre de vin, peut-être.

Le barman, un barbu chevelu, s'approcha et lui fit signe de s'asseoir. Eve hésita, délaissa les grosses barriques qui servaient de tables au milieu et s'installa dans un coin, à l'écart, sous une imposante tête de cerf empaillée.

— Bonjour… Une carafe d'eau et… vous avez du prosecco ? demanda-t-elle crânement.

L'homme hocha la tête et appela sa femme.

— Hey, Betty ! Un verre de Prosecco par ici !

La barmaid apparut avec un plateau, les cheveux relevés en queue-de-cheval, le chemisier noué sur le ventre au-dessus d'un jean serré.

Au même moment, le téléphone d'Eve vibra dans son sac à main. C'était un message de Rose.

Tu as atterri ?

Pas de bise, ni de petit mot gentil… Eve ne blâmait pas sa sœur qui n'avait jamais rien compris à son départ inexpliqué pour le Royaume-Uni. Aux obsèques de leur mère, Eve était restée près de ses grands-parents, terriblement distante, et n'était pas revenue pour l'enterrement de leur père. Même si le mystère était maintenant élucidé, elles n'en avaient pas encore parlé ouvertement.

Eve répondit aussi succinctement.

– Oui. Tout va bien. Je serai demain à Garrison Downs.

– Tu ne veux pas que je vienne te chercher ?

Eve serra les dents.

– Non, je t'assure. Tu es très occupée. Je viendrai par mes propres moyens.

Elle envoya ensuite un SMS à sa grand-mère pour dire qu'elle était bien arrivée. Depuis la mort de son mari, six ans auparavant, Granny Lavigne reportait toute son affection sur Eve. Elle regrettait sans doute ce qui s'était passé et espérait peut-être se réconcilier un jour avec toutes ses petites-filles.

Eve s'efforcerait d'œuvrer en ce sens.

Betty posa la boisson sur la table avec un clin d'œil.

— Cela va vous requinquer. Vous avez l'air fatiguée.

Eve fronça les sourcils.

— Allons, Betty, tu vas la vexer !

Elle sursauta au son de la voix mâle, dans son dos, et avala une gorgée avant de se retourner avec un sourire forcé.

C'était le motard. Un sosie de Tom Cruise...

— Bonjour. Nate.

Il lui tendit la main. Elle ne la serra pas mais remarqua les tatouages sur son bras.

— Bonjour, répondit-elle du bout des lèvres.

Sa libido s'affola et sa température, déjà exacerbée par les fortes chaleurs, monta d'un cran. Son interlocuteur arborait une barbe de trois jours bien soignée, une mâchoire carrée, et une bouche fascinante, incroyablement sensuelle.

À faire rêver.

Arrête...

— À qui ai-je l'honneur ? reprit-il comme elle ne se présentait pas.

Elle croisa sans ciller son regard d'un bleu intense et s'exhorta au calme.

— Je ne donne pas mon nom à des inconnus.

Il émit un petit rire amusé.

— Je peux m'asseoir ?

Pour toute réponse, elle haussa les épaules et il s'installa sur la chaise d'à côté. Malgré elle, Eve l'observa à la dérobée. Il avait les cheveux blonds, un peu trop longs, avec des mèches plus claires, décolorées par le soleil. Il commanda une bière à Betty tandis qu'Eve finissait son verre. Déjà.

— Je suis sûr que vous avez encore soif ! lança-t-il sur un ton moqueur, en fixant le décolleté en V de son chemisier blanc.

Elle croisa les jambes nerveusement et s'humecta les lèvres en salivant avec envie quand il porta le goulot de sa bouteille à sa bouche. Sa pomme d'Adam remonta et elle aperçut un autre tatouage par sa chemise entrouverte.

— Vous avez quelque chose contre la bière ? reprit-il cavalièrement.

Elle s'agita sur sa chaise.

— Pas le moins du monde.

— Dans ce cas...

— On n'étanche pas sa soif avec de l'alcool, c'est tout, déclara-t-elle d'un air pincé.

Granny Lavigne serait fière de toi.

Il désigna son verre vide avec une expression moqueuse.

— J'ai aussi commandé de l'eau.

— Bien sûr.

Elle réprima une remarque acerbe. Pourquoi ne mettait-elle pas un terme à cette conversation ?

Parce qu'il t'excite ! Et cela ne t'est pas arrivé depuis très, très longtemps.

Il était très différent des hommes qu'elle avait l'habitude de fréquenter à Londres. Rasés de près, d'une courtoisie extrême et s'habillant chez les grands couturiers. Des gentlemen. Ce... Nate n'était pas véritablement discourtois, mais...

— Vous vouliez de l'eau, n'est-ce pas ? dit Betty en posant une carafe sur la table.

— Oui, merci.

— Un autre verre de prosecco ?

— Pourquoi pas ?

Devant le sourire narquois de Nate, elle se ravisa et rappela Betty.

— En fait... je prendrai la même chose que monsieur.

— Ne vous croyez pas obligée de faire comme moi, dit le monsieur.

— Pas du tout. Je ne suis pas influençable.

— Mais vous avez envie d'une bière ?

— Exactement.

Elle le toisa, comme par défi, et s'empourpra sous son regard appuyé.

Au retour de Betty, elle prit son verre sans sourciller et le vida d'un coup, jusqu'à la dernière goutte.

S'il croyait l'intimider, il se trompait lourdement !

Nate la regarda boire, la tête renversée en arrière, goulûment. Sa gorge l'hypnotisait. Littéralement.

Les lèvres humides, les yeux brillants, elle poussa un soupir de satisfaction.

— Vous aviez raison. Rien de tel pour étancher sa soif.

Elle porta la main à sa bouche pour réprimer un hoquet, puis éclata de rire.

— Oups. Excusez-moi.

La rougeur de ses pommettes faisait ressortir le bleu de ses yeux. Elle décroisa les jambes et posa les coudes sur la table, dans une posture qui se voulait provocante.

C'était une femme élégante, avec beaucoup d'allure, et qui ne manquait pas de piquant. Sa vivacité plaisait beaucoup à Nate.

— Je n'ai pas trop l'habitude, ajouta-t-elle avec une grimace comique.

— Vous êtes drôle.

— Merci pour le compliment.

— Je vous en prie.

Elle bougea sur sa chaise et son genou effleura sa cuisse par inadvertance. Aussitôt, une sensation brûlante envahit Nate. Il but une gorgée avec une nonchalance affectée, pour se donner bonne contenance.

— Vous abordez souvent les inconnues ? lança la jeune femme avec une moue goguenarde. Vous n'avez pourtant pas l'air dragueur.

La glace était brisée. Elle flirtait ouvertement avec lui, maintenant.

— Ah bon ? J'ai l'air de quoi ?

— Vous voulez vraiment savoir ?

— Évidemment. Sinon, je ne demanderais pas.

Cette conversation les entraînait un peu trop loin...

— Eh bien… Vous êtes sûrement un homme à principes. Dur, intransigeant.

Elle se pencha vers lui en poursuivant.

— Inflexible. Têtu.

Nate esquissa un sourire.

— Vous dites toujours ce que vous pensez ?

Elle haussa les épaules.

— Cela dépend des situations. Et des gens.

— J'ai de la chance, alors.

— Peut-être…

Cela allait beaucoup trop vite pour lui. En même temps, il n'avait pas du tout envie d'en rester là. Elle non plus, apparemment.

— Vous n'êtes pas d'ici, n'est-ce pas ?

Elle se figea brusquement. Le charme était rompu. Devait-il changer de sujet ? S'excuser d'avoir posé la mauvaise question ? Il choisit un moyen terme.

— Désolé, mais vos chaussures vous ont trahie. Vous risquez de vous tordre une cheville, avec vos talons aiguilles.

Une petite lueur se ralluma au fond des yeux de la jeune femme.

— Vous avez aussi un accent… anglais, si je ne me trompe.

— En effet. Vous êtes perspicace.

Il haussa les sourcils.

— Le nombre de mes qualités grandit.

Elle sourit. Il prit cela pour un encouragement.

— Alors, dites-moi, que venez-vous faire dans ce trou perdu ?

— Vous me croirez si je vous dis que je suis en vacances ?

— Seule ?

— Peut-être. Mais peut-être pas.

— Vous attendez quelqu'un ?

— Qui sait ?

— Il a de la chance.

Elle rit franchement.

— Vous êtes charmant.

— Encore un compliment. C'est un bon jour pour moi.

— Oui…

« En fait non, je suis seule. Je…

Elle gonfla les joues et soupira longuement.

— Oui ? pressa-t-il.

— J'ai des problèmes familiaux à régler. C'est compliqué.

— Ce n'est jamais simple, dans les familles.

— Vous parlez d'expérience ?

Il émit un sifflement désabusé.

— Je ne m'entends pas très bien avec mon père.

— Je connais cela, malheureusement. Il s'est passé quoi, avec le vôtre ?

— Il ne m'a jamais prêté la moindre attention, comme si j'étais invisible. Manifestement, je n'ai jamais été à la hauteur de ses espérances.

— Laissez-moi deviner, répliqua-t-elle, une lueur de compassion dans le regard. Il vous préférait un frère ou une sœur ?

— Non. Je suis fils unique. Pas vous, apparemment.

Elle hocha la tête.

— Vous étiez combien d'enfants ? reprit-il.

— Trop !

— Des garçons ? Des filles ?

— Je n'ai que des sœurs.

— Et vous êtes ? L'aînée ? La cadette ?

— La deuxième.

— La première vous a volé la vedette ? Vous êtes restée dans son ombre ? Ou alors, vous avez dû vous occuper des plus jeunes…

— Vous êtes futé.

— N'est-ce pas ?

— C'est rare, pour un homme.

— Je devrais vous accuser de sexisme.

— Allez-y.

— Non. La suite m'intéresse trop.

Elle secoua la tête.

— Le lieu est mal choisi pour se lancer dans les confidences.

— Pourquoi ? Cela fait du bien de parler. C'est thérapeutique.

— Même avec des inconnus ?

— Pourquoi pas ?

Elle rit doucement et but une gorgée d'eau.

— Puisque vous voulez tout savoir, ma grande sœur est mon père réincarné au féminin. Elle est parfaite. La plus jeune est pleine de vie et de gaieté, lumineuse comme un soleil…

— Difficile de trouver sa place au milieu, alors.

— Exactement, marmonna-t-elle. Et vous ? C'était quoi, l'excuse de votre père pour négliger son fils unique ?

— Il était marié avec son travail.

— Ah. Le mien aussi.

— Que fait-il ?

— Il n'est plus de ce monde.

— Désolé, je ne voulais pas…

— Ce n'est pas grave. Ne vous inquiétez pas. J'avais coupé les ponts depuis longtemps, bien avant sa mort.

La douleur perçait sous le ton assuré.

— Vous voulez développer ?

— Non.

— Si vous avez besoin de vous épancher, je suis tout ouïe. Et sans porter de jugement.

— Merci, sans façon.

Elle se tut, aussi naturellement qu'elle avait commencé à parler.

Pourquoi avait-il tant envie de percer la façade et d'approfondir sa connaissance ?

Depuis quand n'avait-il pas senti une telle attirance ?

L'avait-il jamais éprouvée, d'ailleurs ?

Il s'obligea à se détendre. Inutile d'insister si elle ne voulait pas poursuivre.

— Moi aussi, j'évoque rarement mon père.

— Et votre mère ? suggéra-t-elle.

— Elle est tout le contraire de lui, confia-t-il avec un sourire. Douce, tendre, affectueuse. Toujours disponible. Elle regrette de ne pas me voir plus souvent.

Elle cilla les paupières.

— Elle a l'air très gentille, en effet.

— Trop, même. Et la vôtre ?

— Elle est morte aussi...

Malgré la tristesse, sa voix n'exprimait pas d'amertume comme pour son père. Spontanément, il posa une main sur la sienne.

— Je suis désolé.

Elle haussa les épaules imperceptiblement.

— Cela fait très longtemps. Je ne sais pas pourquoi c'est toujours aussi douloureux.

— C'est normal.

Elle retira sa main.

— Je lui étais très attachée, mais...

Elle se tut.

— C'est compliqué ? souffla-t-il.

— Oui.

Elle s'absorba dans ses pensées puis revint au présent avec un regain de vivacité.

— Je préférerais parler d'autre chose. De vos tatouages, par exemple.

Sa remarque le prit de court, surtout quand elle passa le bout du doigt sur son avant-bras.

Il tressaillit et elle s'écarta en serrant le poing.

— Excusez-moi. Je n'aurais pas dû...

Il secoua la tête.

— Je ne m'y attendais pas, c'est tout.

En réalité, ce léger contact le chamboulait.

— Je vous raconte tout si vous m'expliquez pourquoi vous froncez les sourcils, dit-il.

— C'est une proposition intéressante, murmura-t-elle en penchant la tête sur le côté.

— Vous l'acceptez ?

— Je ne sais pas. Elle est honnête, au moins ?

— Peu importe. C'est la curiosité qui prime.

Elle rit de nouveau.

— Vous croyez ?

— Bien sûr. Il ne faut pas reculer devant le risque.

— Au travail peut-être, mais dans la vie personnelle...

— C'est pourtant là qu'on récolte les plus belles récompenses.

Elle battit des cils.

— Vous dites n'importe quoi.

— Cela ne prête pas à conséquence. En plus, cela ne vous déplaît pas.

— Vous n'êtes pas un peu présomptueux, Nate ?

— À propos, je ne connais toujours pas votre prénom.

Elle lui fit un clin d'œil. Visiblement, l'attirance était réciproque.

— La rencontre est d'autant plus palpitante, non ?

— Pour vous, peut-être...

« Je suis désavantagé par rapport à vous, ajouta-t-il.

— Tant mieux. J'aime avoir le dessus.

— Belle et dominatrice. Quel cocktail détonnant.

— Cela me sert beaucoup dans mon métier.

— C'est-à-dire ?

Il allait enfin apprendre quelque chose de concret.

— Communication, publicité, marketing.

Cela lui allait comme un gant.

— Vous avez des loisirs ?

— Non, je travaille tout le temps.

— Pas de mari, de compagnon ?

— Pas le temps.

Il leva un sourcil interrogateur.

— Vous ne vous sentez jamais seule ?

— Je suis trop occupée.

— Vous êtes pourtant là dans un bar, à bavarder avec un inconnu...

— J'ai un congé sabbatique de trois mois.

Ce qui ne semblait pas la faire sauter de joie.

— Vous vous ennuyez déjà ?

— Oui.

— Vous me rappelez mon père.

— Houla.

Elle plaisantait, mais pas lui. Ou à peine. La ressemblance aurait dû le faire fuir. Malgré tout, il resta avec elle, incapable de bouger, et même se pencha plus près.

— Vais-je enfin connaître votre nom ?

Elle plissa les yeux.

— Vous m'appelleriez comment ?

— Non, je ne joue pas à ce jeu-là.

— Pourquoi ?

— Je ne peux pas gagner.

— Vous avez probablement raison.

« Eve, lança-t-elle tout à trac.

— Eve comment ?

— Juste Eve.

— Eh bien, merci. Vous avez considérablement égayé ma journée, Eve.

— Ne me remerciez pas, je peux dire la même chose de vous. Je redoutais ce voyage et je commençais déjà le compte à rebours jusqu'à mon départ quand vous avez surgi. Le temps s'est mis sur pause.

— Je suis déçu que vous songiez déjà à repartir.

— Pourquoi ? Pardonnez-moi d'être aussi abrupte, mais vous n'habitez sûrement pas dans le coin non plus.

— Ah bon ?

— Avec votre barbe soignée et votre accent citadin, vous ne ressemblez pas vraiment au cow-boy typique de l'outback.

— Vous êtes très perspicace !

— Comme vous. Nous avons au moins cela en commun.

« Donc, que faites-vous ici ?

— Je vais peut-être m'installer à Marni.

— À cause de vos parents ?

— Et de mon travail.

— C'est-à-dire ?

— Je croyais que vous ne vouliez pas parler de choses sérieuses ?

Elle sourit nonchalamment.

— OK, restons-en aux tatouages.

Il eut du mal à se concentrer quand elle suivit un dessin sur sa peau, du bout du doigt.

— Cela représente quoi ?

— Vous voulez voir ?

Elle acquiesça et il roula sa manche au-dessus du coude.

— Oh ! Impressionnant, s'écria-t-elle en découvrant un loup émergeant d'une forêt.

Elle traça rêveusement le contour du dessin sur le bras.

— Mon père n'a pas aimé du tout, commenta Nate en se remémorant la scène.

— Vous aviez quel âge, quand vous l'avez fait ?

— Dix-huit ans. J'étais un vrai rebelle.

— Pourquoi ce motif ?

— Le loup symbolise l'instinct de meute. La loyauté, la protection et la sécurité, tout ce qui me manquait dans ma relation avec mon père.

— Ah...

Elle plongea les yeux dans les siens. Ils se comprenaient avec une acuité incroyable.

Elle baissa les paupières, puis posa doucement l'index sur sa clavicule, par le col de sa chemise entrouverte.

— Et celui-ci ?

— C'est le bout de l'aile d'un aigle en plein vol.

— Il est très grand ?

Il lui prit la main pour suivre le tracé, de l'épaule jusqu'au milieu du dos.

— Il représente la force, le courage et la liberté.

Elle opina gravement.

— Vous en avez d'autres ?

Il essaya de rassembler ses idées. C'était difficile. Des taches de rousseur transparaissaient sous le fond de teint. Ses lèvres roses le fascinaient.

Il s'obligea à respirer, mais l'odeur de son parfum acheva de le déstabiliser.

Il se gratta la gorge.

— Oui, prononça-t-il faiblement.

— J'aimerais les voir.

— Vraiment ?

Cela sortait de l'ordinaire ! Il n'avait pas l'habitude de s'aventurer aussi loin avec une parfaite inconnue...

— Vous me les montreriez ? demanda-t-elle.

Il surmonta à grand-peine sa nervosité.

— Vous êtes sérieuse ?

— Désolée, cela ne me ressemble pas du tout. Je ne sais pas à quoi je pense...

— À la même chose que moi, sans doute.

— Ne nous égarons pas.

— Écoutez, je ne suis pas coutumier non plus de ce genre de situations. Mais très franchement, ce qui nous arrive est suffisamment rare pour valoir la peine d'être exploré.

« Si vous en avez envie autant que moi, je vous emmène dans ma chambre et je vous montre mes tatouages.

Elle pinça les lèvres et une lueur malicieuse s'alluma au fond de ses yeux.

— Eh bien, d'accord.

3

Eve poussa un soupir et enfouit la tête sous l'oreiller pour protéger ses yeux de la lueur de l'aube.

Qu'est-ce qui lui était passé par la tête ?

Quelle inconscience ! Elle étouffa un petit rire.

Elle s'était laissée aller sans réfléchir, étourdiment, charmée par la compagnie et les badinages d'un homme séduisant. Cela faisait longtemps qu'elle n'avait pas éprouvé pareille insouciance !

L'intérêt de Nate la flattait. Pour une fois, on prêtait vraiment attention à sa personne, et pas à ses compétences professionnelles, son statut social ou ses analyses psychologiques.

C'était exactement ce qu'il fallait pour lui remonter le moral, car le découragement menaçait depuis son atterrissage sur le sol australien.

Et maintenant, elle était dans son lit...

Malheureusement, il fallait revenir à la réalité, c'est-à-dire Garrison Downs et ses sœurs. Il était temps de partir et de faire ses adieux après cette nuit de folie.

Ils avaient fait l'amour passionnément, plusieurs fois, longuement, avec une rare affinité physique. Eve en était encore abasourdie.

La vie lui avait appris à se méfier de ce genre d'emballements. L'exaltation des premiers temps ne durait pas. L'ivresse des sens ne garantissait pas le bonheur. L'exemple de Ma et Pa en témoignait.

Cette brève rencontre serait donc sans lendemain. Elle voulait tout de même lui dire au revoir et ne pas partir comme une voleuse.

Mais où était-il ? On n'entendait pas de bruit, que le chuintement de la climatisation... Elle tendit le bras. Sa place était vide entre les draps.

Elle souleva une paupière, aperçut ses vêtements de la veille jetés sur une chaise, mais pas l'ombre d'une présence.

Était-il déjà parti ? Elle n'en éprouva pas de soulagement, plutôt du dépit.

Elle remit la tête sous l'oreiller avec un grognement indistinct. À peine arrivée, elle s'illustrait déjà par une extravagance. Cela augurait mal de la suite...

Quand la porte s'ouvrit et se referma, son cœur se mit à battre la chamade, presque aussi fort que le bruit des bottes sur le plancher. Elle risqua un œil. *Oh...* Il lui parut encore plus beau que la veille au soir.

— Bonjour, beauté !

Sans voix, elle écarta ses cheveux emmêlés et s'humecta les lèvres.

— J'ai parié sur le café, mais si tu bois du thé, je redescends.

Il s'était occupé du petit déjeuner ! Eve se redressa en ramenant le drap pour se couvrir.

— Un café, c'est parfait.

Cet homme aussi était parfait. Quelle était sa recette pour être dans cette forme éblouissante d'aussi bonne heure le matin ? En plus, il sentait bon, le cèdre et le citron vert. Il avait dû se doucher pendant qu'elle dormait encore. L'image de son corps nu fit courir un frisson délicieux sur son ventre.

Il lui tendit une tasse et elle huma la bonne odeur de café avec un sourire.

— C'est exactement ce dont je rêvais. Merci beaucoup.

Il s'installa à côté d'elle.

C'était l'homme le plus beau qu'elle ait jamais rencontré, se dit-elle en l'observant à la dérobée. Et au lit... Elle s'empourpra en se remémorant quelques scènes particulièrement torrides.

Elle s'éclaircit la voix.

— J'ai passé une nuit merveilleuse, déclara-t-elle. J'espère que toi aussi. Désolée si je... C'est-à-dire, je suis parfois...

— Insatiable ? suggéra-t-il, amusé par son embarras.

Elle devint carrément écarlate.

— Oui...

— Ce n'est pas pour me déplaire.

— Tant mieux, alors. Je suis aussi un peu...

— Directive ?

Elle hocha la tête avec une moue comique.

— Tu as faim ? lança-t-il. J'ai hésité entre un toast à l'avocat et des croissants. Finalement, j'ai opté pour quelque chose de plus consistant.

— C'est-à-dire ?

— Les célèbres burgers de Jenna.

— Du café Roarke ?

— Tu connais ?

Eve plissa le nez d'un air soupçonneux en examinant l'intérieur d'un sac en papier.

— Jenna travaille encore ?

— Oui, toujours à son poste.

Eve esquissa un sourire en se rappelant les goûters de crêpes avec ses sœurs, quand leur mère venait les chercher à l'école.

— Ah, je préfère te voir sourire, s'écria Nate. Tu faisais la grimace, tout à l'heure.

— Je n'ai jamais mangé de burger au petit déjeuner, avoua-t-elle.

— Il faut une première fois à tout. Tu me remercieras.

— Peut-être...

Il mordit avec appétit dans le sien et poussa un grognement de satisfaction. Elle hésitait encore.

— Qu'y a-t-il dedans ?

— Tu verras bien. Ose !

Elle secoua la tête en riant. Il avait décidément le chic pour la mettre de bonne humeur. Elle obtempéra et... *Oh là là !* Un pur régal. La sauce était divine, le bacon craquant, le fromage fondant et les oignons à point.

Elle prit une autre bouchée et ferma les yeux en soupirant. Quelle merveilleuse façon de commencer une journée ! Elle se sentait parfaitement bien.

— Jenna devrait t'engager pour faire sa publicité, observa Nate d'un air amusé. Elle deviendrait vite milliardaire.

— Je ne suis pas sûre de paraître à mon avantage, protesta Eve.

— Pourquoi dis-tu cela ?

— Je ne suis pas coiffée, pas maquillée... Même pas douchée.

— Détrompe-toi. Tu as les joues roses et les yeux brillants. Tu es belle à croquer.

Une vague de chaleur la submergea quand ils échangèrent un regard lourd de désir.

— Ton burger va refroidir, protesta-t-elle.

— Tant pis.

— Nate, je...

Quoi donc ? Tu veux qu'il arrête de te faire des compliments ? Tu n'as pas envie de lui ? Dans ce cas, sors du lit, habille-toi et emporte ton petit déjeuner. Remercie-le pour tout et prends tes jambes à ton cou.

C'était la meilleure chose à faire.

La plus raisonnable.

Mais son corps refusait d'obéir.

Nate se pencha pour tirer sur le drap et commença à la caresser.

— Nate... souffla-t-elle.

— Eve...

Ils s'étreignirent farouchement. Eve lui retira son T-shirt et il la rejoignit joyeusement sous les draps. Elle passa une jambe sur les siennes en poussant un gémissement quand la couture de son jean appuya sur la partie sensible de sa féminité.

Les reins arqués, elle s'offrit sans retenue à ses baisers. La toison de son torse meurtrissait la pointe de ses seins.

Nate pressa le front contre le sien.

— Tu es une ensorceleuse !

Elle se mit à rire. Ce mot semblait sortir tout droit des romances qu'elle dévorait dans son adolescence, mais qu'elle avait jetées aux oubliettes en apprenant la vérité sur ses parents.

L'amour, hélas, n'était pas éternel.

— On ne t'a jamais dit que tu parlais trop ? murmura-t-elle en le reversant sur le dos pour l'emprisonner entre ses cuisses.

— La lionne est de retour, répliqua-t-il.

Elle lui mordilla la lèvre.

— Tu t'en plains ?

— Pas le moins du monde.

Tout en soutenant son regard de braise, elle descendit la fermeture Éclair de son jean.

— Et maintenant, tais-toi. Je ne veux plus entendre de propos ineptes.

— Je n'ai rien dit de mal !

Il la prit par la nuque et captura sa bouche dans un baiser presque brutal, comme s'il devinait ses peurs secrètes et savait exactement comment les conjurer.

Ils s'embrassèrent jusqu'à ce que le désir emporte de nouveau Eve, reléguant loin derrière ses autres émotions. Au moment où elle débarrassait Nate de son jean, il sortit en hâte un préservatif de sa poche.

— Nate, s'il te plaît, j'ai envie de toi.

— Moi aussi.

Elle se mit à trembler quand il la pénétra. Sourd à ses protestations, il murmurait des mots fous à son oreille, comme pour la provoquer. Réduite à l'impuissance, elle les écoutait avec un plaisir coupable. Ils décuplaient la volupté qui l'entraînait vers des sommets inégalés.

Au moment de sombrer dans un oubli bienheureux, elle cria son nom, encore et encore.

Elle s'agrippa longtemps à lui, espérant prolonger indéfiniment ce merveilleux état de grâce...

En même temps, elle savait très bien que c'était impossible.

Quand lui aussi cria son nom, une nouvelle jouissance l'emporta. Tout son corps se contracta avant d'exploser en une myriade de sensations étourdissantes.

Ils atteignirent ensemble au paroxysme, dans un parfait unisson.

Nate retomba à son côté en l'embrassant sur l'épaule, un bras en travers de son ventre. Il la tenait d'une manière étonnamment possessive, comme si elle lui appartenait. Les yeux fixés au plafond, Eve se sentit stupidement au bord des larmes.

Pourquoi ?

C'était idiot. Après une nuit merveilleuse, ils avaient refait l'amour fougueusement.

Elle aurait dû savourer sa chance.

— Café, burger et sexe pour le petit déjeuner, murmura Nate au creux de son cou. Je ne connais pas de meilleure façon de commencer une journée. C'est la définition même du bonheur domestique.

Eve s'insurgea intérieurement, mais sans rien dire. Le bonheur domestique n'existait pas. Il manquerait toujours quelque chose. Les relations sérieuses ne duraient pas.

— Je dois partir.

Il sursauta.

— Maintenant ?

— Oui.

Elle se dégagea en évitant son regard.

— Tu n'as pas fini ton petit déjeuner !

— Je l'emporte.

Elle était déjà debout en train de rassembler ses vêtements et sa valise pour se réfugier dans la salle de bains. Une fois la porte refermée, elle résista à l'envie de s'effondrer par terre et se concentra sur sa routine matinale. Après sa douche, elle se coiffa, se maquilla, enfila un ensemble pantalon en soie sauvage et abandonna ses escarpins pour des ballerines.

Il fallait s'en aller. Le plus vite possible.

Quand elle émergea, Nate s'était rhabillé. À demi allongé sur le lit, les jambes croisées, il avait l'air parfaitement détendu. Seul son regard trahissait une certaine nervosité.

— Tu te sens mieux ?

Elle se gratta la gorge et empoigna résolument sa valise, malgré une envie folle de se recoucher.

— Beaucoup mieux. Merci pour tout.

— Inutile de me remercier. Nous avons passé du bon temps tous les deux.

Sa belle voix grave résonnait jusque dans son ventre.

— C'est vrai.

Elle se dirigea vers la porte.

— Tu t'en vas vraiment, alors ?

Elle faillit trébucher.

— Je pense que c'est mieux.

— Je peux te revoir ?

Elle ne se retourna pas.

— Ce n'est pas une bonne idée.

Le lit grinça et il posa les pieds par terre.

— Corrige-moi si je me trompe, mais nous avons partagé quelque chose d'exceptionnel.

Elle lui fit face.

— En effet, concéda-t-elle. Ne gâchons pas tout en espérant autre chose.

— Je ne comprends pas.

— Je suis ici seulement pour quelques mois. Je tiens à repartir sans rien qui me retienne.

— Nous pourrions profiter de ces quelques mois pour nous connaître.

Il serait forcément déçu et elle aussi. De toute façon, elle avait trop de problèmes à régler avec ses sœurs pour s'occuper de sa vie personnelle.

— Nate, les relations sérieuses ne m'intéressent pas.

— C'est une déclaration un peu abrupte.

Il fronça les sourcils. Une mèche de cheveux retombait sur son front. Eve serra les poings pour s'empêcher de la remettre en place.

— C'est la vérité. Je vis pour mon travail. Je n'ai pas le temps pour autre chose.

Il la scruta longuement. Qu'espérait-il ?

— Je dois vraiment partir.

— Tu as peur de changer d'avis ?

— Non. J'ai fait mes choix depuis longtemps. Une nuit n'y changera rien.

— Je ne vais pas te demander en mariage, Eve. Je veux juste te revoir.

Quelle ironie ! Elle faillit éclater de rire en songeant à la clause du testament paternel.

— Eve ?

Elle hésita, à peine une fraction de seconde. Après tout, un peu de distraction lui changerait les idées. Mais c'était trop dangereux de s'aventurer en territoire inconnu. Elle le regretterait et souffrirait peut-être pour le restant de sa vie.

Elle avait malgré tout envie d'un dernier baiser. Un baiser d'adieu. Se hissant sur la pointe des pieds, elle posa une paume sur son torse et effleura ses lèvres en humant son parfum.

Il cilla les paupières quand elle s'écarta. Un fol instant, elle espéra qu'il la retiendrait. Puis elle se rappela l'histoire de ses parents et les mises en garde de sa grand-mère. *Quand le cœur l'emporte sur la raison, tout est perdu.*

Elle ne voulait pas souffrir.

— Au revoir, Nate.

4

Eve n’avait pas du tout prévu d’arriver dans cet état à Garrison Downs.

Le trajet en taxi ne l’aidait pas à s’éclaircir les idées et mettre de l’ordre dans ses émotions. La personne calme et responsable qu’elle était normalement était venue chercher des réponses claires à ses questions pour couper court aux exigences démentielles du testament paternel.

À présent, elle ne savait plus où elle en était.

L’anonymat protecteur et rassurant de Londres lui manquait.

Ils roulaient depuis à peu près une heure sous un ciel d’un bleu implacable. De rares eucalyptus et des buissons d’épineux rompaient la monotonie des terres rouges, désertiques, qui s’étendaient jusqu’à l’horizon. Ils n’avaient croisé aucune habitation, ni âme qui vive.

Quelle contrée isolée… Plus Eve se rapprochait du ranch de son enfance, plus sa rencontre avec Nate lui semblait irréelle. Des souvenirs anciens remontaient, les bons comme les mauvais…

Une partie d’elle-même avait éperdument envie de retrouver le refuge inespéré de la chambre d’hôtel pour se blottir dans les bras de Nate et tout oublier.

Peut-être pas tout oublier, mais y puiser une force qui la rendrait invincible, intouchable.

— C'est ici, mademoiselle ?

Le chauffeur de taxi croisa son regard dans le rétroviseur et elle hocha la tête en apercevant le grand portique en bois surmonté de cornes de taureaux, avec le nom Garrison Downs gravé sur les poteaux. On n'avait jamais effacé ce nom, qui menaçait maintenant de redevenir celui du propriétaire.

Elle étouffa un juron. Cela n'arriverait pas !

Elle veillerait à préserver le bien familial à n'importe quel prix. Il y allait de leur avenir, en tout cas celui de Rose.

La voiture ralentit en s'engageant sur l'allée sinueuse, presque aussi longue que la grand-rue de Marni. Les travaux d'irrigation avaient porté leurs fruits. Un parc magnifique entourait la demeure, une merveille architecturale qui avait nécessité deux ans de travaux. Eve était toute petite, à l'époque. Son père l'avait construite pour faire plaisir à sa mère, après avoir vécu longtemps avec les grands-parents. Grandma exerçait une autorité tyrannique sur tout le monde, même Pop. L'ancienne maison existait toujours, mais à l'abandon et cachée derrière un bois.

En y repensant, la nouvelle construction devait dater à peu près de la naissance d'Ana. C'était donc plutôt une preuve de culpabilité que d'amour et de dévotion...

Arrachant son regard de la bâtisse imposante, Eve contempla les collines, vers l'est. Des canyons et des ravins profonds les parcouraient. On y avait érigé des barrages alimentés par de nombreuses sources souterraines. Cela permettait de fertiliser le sol et développer des centaines d'hectares de pâturages pour le bétail.

Elle imagina Rose en train de diriger ses équipes de

jillaroos et *jackaroos*, les ouvriers agricoles saisonniers. On était en septembre, la saison où on rassemblait les troupeaux, de l'aube au coucher du soleil. Rose ne rentrerait probablement qu'à la nuit. Avec un peu de chance, elle serait trop épuisée pour discuter...

La voiture s'immobilisa et Eve ôta ses lunettes noires.

Tout va bien se passer.

Elle passa la bandoulière de son sac sur son épaule. Au moment où elle ouvrait la portière, une cavalière sur un cheval bai galopa à sa rencontre, suivie de près par un chien.

Rose. Eve inspira profondément.

Au moins, sa sœur l'accueillait...

Rose arrêta sa monture au bord du champ, mit pied à terre et attacha les rênes à la clôture. Le cœur d'Eve battait à tout rompre. Allaient-elles s'embrasser ? Juste se saluer... ?

Le chapeau de Rose masquait son expression, mais laissait deviner le pli moqueur de sa bouche. Elle n'avait jamais été tendre...

— Je repars, mademoiselle, dit le chauffeur en déposant sa valise à ses pieds.

Elle le remercia, paya le prix de la course et s'apprêta à affronter sa sœur aînée.

Les cheveux relevés sous son Akubra, le célèbre chapeau australien, Rose était vêtue d'un jean couvert de poussière, d'une chemise à manches longues et portait des bottes de cavalière. En comparaison, Eve se sentit beaucoup trop élégante, un peu déplacée.

— Tu as fini par te rappeler où nous habitons ? s'écria Rose d'un ton railleur.

Le gouffre invisible qui les séparait n'était pas près de se combler...

— Bonjour quand même ! lança Eve.

Rose examina sa valise et son sac.

— Tu n'avais pas l'intention de rester quelques mois ?

Eve redressa le menton.

— Si. Je peux voyager léger.

Un mélange de défiance, de colère et de peine brilla dans les yeux de Rose. Les quatre sœurs Waverly avaient hérité des yeux bleus de leur père. Même Ana, songea Eve avec un coup au cœur.

— Viens ! reprit Rose en tendant le bras vers la maison. Tu veux de l'aide avec tes bagages ?

— Non, ce n'est pas la peine.

Eve avait l'habitude de se débrouiller seule. Depuis longtemps. Elle suivit sa sœur en maudissant la poussière rouge qui salissait ses jolies ballerines.

Rose remarqua sa grimace.

— Tu ne regrettes pas déjà d'être là ?

« Couché, Blossom », dit-elle à son chien.

Les règles édictées par leur mère restaient en vigueur. Les animaux ne rentraient pas à l'intérieur. On laissait également les bottes et les chapeaux.

— Eve ?

— Bien sûr que non, répondit cette dernière en montant les marches.

Dès qu'elle franchit le seuil, une foule de souvenirs l'assaillit. Son père chérissait les objets hérités de ses parents, et sa mère collectionnait les tableaux et les bibelots rapportés de l'étranger. Elle adorait voyager, mais avait dû refréner ses envies après son mariage, car l'exploitation ne laissait pas beaucoup de loisirs à Holt.

Malgré la hauteur des plafonds et le volume des pièces aux murs blancs, Eve eut l'impression de suffoquer.

— Qu'y a-t-il ? Tu ne te sens pas bien ?

Eve secoua la tête sans répondre.

— Laisse tes bagages ici pour l'instant, dit Rose en ôtant son chapeau et ses bottes dans le débarras. J'ai demandé à Lindy de nous servir le petit déjeuner au bord de la piscine.

— J'ai déjà...

Sous le regard autoritaire de Rose, Eve se tut instantanément. Elle redevenait brusquement une petite fille dominée par sa sœur aînée.

Ce temps est révolu. Tu es maintenant une femme d'affaires accomplie, indépendante et déterminée.

— J'ai déjà mangé, dit-elle.

— Pas moi.

Le ton n'admettait pas de réplique. Que cela lui plaise ou non, elle tiendrait compagnie à Rose.

Les cernes, sous ses yeux, l'inquiétèrent. De toute façon, il fallait qu'elles parlent, toutes les deux. Eve lui devait au moins cela. Depuis longtemps.

— D'accord, acquiesça-t-elle.

Elles traversèrent la maison et ressortirent au grand air, dans une petite oasis de verdure soigneusement aménagée, où l'on se croyait vite ailleurs, hors du temps.

— Merci, Lindy, dit Rose quand la domestique apporta un plateau.

« Eve, je te présente Lindy, notre gouvernante. Lindy, voici Eve, ma sœur.

— Enchantée, murmura Lindy.

— De même.

Rose avait les traits vraiment fatigués et les joues creuses.

Mangeait-elle correctement ? Était-elle épuisée par le travail ou angoissée par l'avenir incertain ?

— Tu savais, n'est-ce pas ? énonça Rose tranquillement après le départ de Lindy. Pour l'histoire de papa… Pourtant, tu n'as jamais rien dit.

— Ce n'était pas à moi d'en parler ! En plus, tu idolâtrais papa. C'était ton héros.

— Quand bien même. Tu n'aurais pas dû garder cela pour toi. Je suis ta sœur. Ta sœur *aînée*.

— L'âge n'a rien à voir là-dedans.

— J'aurais partagé le fardeau. C'était trop lourd pour toi.

— Maman était dans la confidence. Papa aussi. Cela ne m'a pas aidée.

Un éclair brilla dans les yeux de Rose.

— Ils savaient que tu étais au courant ?

— Oui. C'est pour cela que papa a accepté de me laisser partir en Angleterre. Mais j'ignorais l'existence d'Ana. Maman aussi, je pense…

— Il avait peur que tu nous racontes tout ?

— Il voulait sans doute préserver son secret sordide. Une de ses filles avait déjà perdu ses illusions. Il préférait épargner les deux autres.

« En plus, il ne supportait plus ma présence. Je ne l'aimais plus.

— Tu le détestais ?

Incapable de répondre, Eve se pencha pour remplir deux verres de jus d'orange glacé. Elle avait la gorge sèche et mourait de soif.

— Comment as-tu découvert le pot aux roses ?

Eve reposa son verre en tremblant. Devait-elle vraiment répondre ?

— Désolée de te faire de la peine, Evie...

— J'avais quinze ans, prononça-t-elle, les dents serrées. C'était le soir de la coupe de base-ball de Marni...

Un temps fort de l'année pour Garrison Downs. Les gens voyageaient de très loin pour assister à l'événement organisé par leurs parents. Cela nécessitait quinze jours de préparation et on en parlait longtemps après dans la bonne société australienne.

— J'avais un crush pour le nouvel employé de papa, reprit Eve. Rip. Tu te souviens de lui ?

Rose fronça les sourcils.

— Le fils Cook ? Un sacré énergumène !

Eve acquiesça en riant.

— Il était un peu rustre, mais il me plaisait.

— Tu lisais beaucoup de romances, à l'époque.

— En effet. J'étais très fleur bleue.

« Il s'occupait de garer les voitures des invités. Je le surveillais du coin de l'œil, cachée derrière un arbre, quand j'ai vu passer maman avec Clay Garrison.

— Clay ? J'entends un peu trop souvent ce nom, ces temps-ci.

— Oui... Il lui parlait à voix basse. Je n'entendais pas distinctement, mais maman était manifestement mal à l'aise, et très pâle. J'ai laissé tomber Rip pour la surveiller. Elle s'est métamorphosée, très distante tout à coup, alors que c'était une maîtresse de maison accomplie. Elle ne souriait plus, ne participait plus aux conversations... Bref, j'étais inquiète.

« Après la réception, je suis allée voir papa dans son bureau, pour l'avertir que quelque chose n'allait pas. Maman m'avait précédée. Ils se disputaient. J'ai écouté aux portes.

— Oh ! Evie...

Eve hocha la tête en réprimant une nausée.

— Clay avait vu papa avec une femme, à Melbourne.

— Garrison n'avait pas à se mêler de cela !

— Papa se défendit des accusations de Clay en jurant ses grands dieux que les apparences jouaient contre lui. Il avait rompu avec Lili depuis plusieurs années.

« *Lili !* Mais qui était cette femme ? Que s'était-il passé ?

Eve se remémora douloureusement le moment où son père était tombé de son piédestal. Elle cherchait tellement à attirer son attention, à lui plaire, alors qu'il n'avait d'yeux que pour Rose ! Finalement, c'était un être indigne de son amour.

— J'étais tellement en colère, Rose, que je suis rentrée comme une furie dans son bureau. Je l'ai attaqué de front en déversant ma rage. Il s'est laissé tomber dans son fauteuil, la tête dans les mains, totalement écrasé.

« Maman a essayé de me calmer, m'a suppliée d'arrêter, parce que je ne pouvais pas comprendre. J'étais trop jeune. Comment osait-elle le défendre ! Il l'avait trahie. Il nous avait toutes trahies. Je ne le supportais pas.

— Tu avais quinze ans... chuchota Rose.

— J'étais assez grande pour me rendre compte de la gravité des faits.

— Mais tu ignorais le pourquoi et le comment.

— Ne le défends pas, toi aussi ! s'écria Eve.

— Je ne le défends pas. Je suis aussi en colère que toi. Il n'aurait pas dû nous cacher l'existence d'Ana.

— Mais... ?

Rose garda le silence un peu trop longtemps.

— Rose !

— Tu devrais lire le journal de maman, dit-elle enfin.

— Celui que Matilda a trouvé dans le bureau de papa ?

— Oui.

— Non, merci.

— Cela t'aiderait à comprendre.

— Je n'ai pas du tout envie de revivre les souffrances de maman.

— Papa a souffert aussi.

Avec un grognement, Eve replia les genoux et croisa les bras autour de ses jambes, dans une posture défensive.

— Ils sont tous les deux responsables de l'échec de leur mariage, Evie. Mais ils ont fini par triompher des épreuves. Leur amour en est ressorti plus fort. Tu le saurais si tu lisais ce journal.

— Ils nous ont menti, Rose. À nous et au monde entier, en jouant la comédie du bonheur. Quelle farce.

— Tu te trompes.

— Il nous a caché l'existence d'Ana !

— Mes souvenirs remontent plus loin que les tiens, expliqua Rose. Je me rappelle des scènes affreuses, et d'autres périodes où maman sombrait dans le marasme. Elle restait assise des journées entières sans rien faire, les yeux perdus dans le vague.

— Je n'ai pas oublié cette image. Maman avait la nostalgie de l'Angleterre. Elle devait se sentir prisonnière, dans ce ranch du bout du monde.

— Tu exagères. Elle a connu des moments de dépression, c'est vrai. Mais ses parents lui ont fait beaucoup de mal en coupant les ponts. Ils ne venaient jamais la voir...

— Son départ aux antipodes les a dévastés.

— Je n'ai pas envie de parler d'eux.

Eve non plus. Elle ne doutait pas de réconcilier un jour Rose et Grandma Lavigne. Mais le moment n'était pas encore venu.

— Oui, l'Angleterre manquait à maman, mais elle a été heureuse, Evie. Je t'assure. Une fois guérie, elle s'asseyait sur cette chaise pour guetter le retour de papa. Et elle nous attendait avec impatience pour les vacances, quand nous étions pensionnaires. Tu lui as brisé le cœur quand tu as décidé de ne plus rentrer.

— Ne me fais pas de reproches.

— J'essaie simplement de te montrer les choses sous un autre éclairage.

Eve fixa la piscine en s'enfermant dans un silence obstiné. Elle ne céderait pas aux conseils de sa sœur. Le journal de leur mère ne l'intéressait pas.

— Va au moins voir Ana. Elle est notre sœur.

— *Demi*-sœur, corrigea Eve.

— Soit. En tout cas, sa mère s'est comportée très honnêtement avec la nôtre. Lili aussi aimait papa. Mais elle ne voulait pas déchirer notre famille. C'est tout à fait louable et estimable. Elle n'est pas une ennemie, pas plus qu'Ana... ou papa. Il n'était pas parfait. Personne ne l'est. Mais il nous aimait. Il t'aimait.

Eve n'avait rien à répondre. Son cœur s'était brisé en mille morceaux et il était *trop tard* pour espérer aucun réconfort.

— Evie, si tu ne trouves pas la paix, ta vie sera gâchée à tout jamais.

— Tout va très bien pour moi, merci.

— Tu as pris la fuite. Ce n'est pas une solution.

— Je suis revenue, non ?

— Tu n'étais pas au mariage de Tilly.

— Je prenais mes dispositions pour passer trois mois ici.

Rose se contenta de hausser les sourcils.

— Bon, d'accord. Je n'avais pas envie. J'ai saisi le premier prétexte.

— C'est dommage. Tu aurais vu comme ils sont heureux.

— Je n'en doute pas, Rose. Mais pour combien de temps ?

— Ils traverseront certainement des épreuves, comme tout le monde. Mais qui dit qu'ils ne les vaincront pas ?

— Comme maman et papa...

— *Oui*, répondit Rose, délibérément sourde au sarcasme de sa sœur.

Elle soupira.

— Je regrette vraiment que tu ne m'aies jamais rien dit.

— Cela n'aurait rien changé.

— Si. Nous aurions parlé à nos parents. Ensemble. Maman se serait peut-être confiée au sujet de sa dépression postnatale. Cela nous aurait permis de resserrer les liens...

Rose se tut, au bord des larmes. Eve n'était pas loin de pleurer elle aussi.

— De toute manière, il est trop tard. On ne refait pas le passé.

« Quant à lire le journal de maman, je m'y refuse. Cela me mettrait mal à l'aise. Tout comme les comptes rendus médicaux que Tilly a trouvés.

— Je persiste à penser que tu as tort. J'ai l'impression que maman voulait...

— Arrête, Rose. S'il te plaît.

Rose se tut, chagrinée.

— Tu sais ce qui me met le plus en colère dans cette histoire ? reprit Eve. Que papa veuille nous obliger à nous marier alors qu'il n'a même pas été fidèle.

— Ce n'est pas lui qui a imaginé une clause qui date des arrière-grands-parents.

— Il était tout de même au courant ! Quoi qu'il en soit, je compte bien nous tirer de ce mauvais pas.

— Malheureusement, je ne partage pas ton optimisme.

— Écoute, j'ai réfléchi. Au lieu de garder le secret en espérant trouver une solution, pourquoi ne pas faire un scandale et tout raconter à la presse ?

— Certainement pas !

— Cela ferait les gros titres des journaux. Un héritage refusé à des filles parce qu'elles appartiennent au *sexe faible* ! À notre époque !

— Ce sera l'enfer.

— Pas plus épouvantable que d'épouser le premier venu par obligation.

L'image de Nate flotta un instant devant ses yeux. Elle la refoula promptement.

— Si, bien pire ! protesta sa sœur. Nous serions assiégées. Ana et sa famille seraient en butte aux ragots et à la curiosité des magazines people. Et ce goujat de Clay nous mettrait des bâtons dans les roues pour récupérer le domaine. Ce serait l'horreur, Evie.

Elles contemplèrent en silence le jardin et, au loin, les terres qui risquaient de leur échapper à tout jamais.

— J'irai voir Harrington lundi matin à la première heure, déclara Eve. Il doit nous aider à trouver une solution.

— D'accord. Mais ménage-le. Il ne va pas très bien en ce moment.

— Ah bon ? Physiquement ou…

— Il vieillit.

— S'il n'est plus capable de travailler, Nous chercherons quelqu'un de plus compétent.

— George est un vieil ami de la famille, Evie. Ne le brusque pas.

— C'est un homme. Je ne vois pas pourquoi je prendrais des gants.

— Les hommes ne sont pas tous mauvais.

— Ni respectables.

Et elles en revinrent tout naturellement au sujet de leur père.

— La liaison de papa n'a pas duré longtemps. Ils ont fait la paix et sont repartis sur de nouvelles bases. *Ils s'aimaient.*

Comme Eve se renfermait dans le silence, Rose soupira bruyamment.

— Tu me l'as déjà dit. Ce n'est pas la peine de répéter, murmura Eve.

— Je retourne travailler.

— Tu dois être débordée. On rassemble les bêtes en ce moment, n'est-ce pas ?

— Tu n'as pas oublié la vie de l'outback.

— J'ai de vagues souvenirs, ironisa Eve. Allez, dépêche-toi avant qu'Aaron vienne te chercher.

Sa sœur fit la grimace. Y avait-il encore des tensions avec le contremaître, maintenant que leur père n'était plus là ?

De toute façon, Rose était de taille à gérer la situation. Stoïque et déterminée, elle ne baisserait jamais les bras devant l'adversité. Le ranch représentait toute sa vie, contrairement à Eve, partie au bout du monde.

Son cœur se serra. Avec Nate aussi, elle s'était enfuie, ce matin...

— Je suis contente d'avoir parlé un peu avec toi, dit-elle en se radoucissant.

— Moi aussi.

Elles partagèrent un sourire ému. Que de temps à rattraper… songea Eve en regardant sa sœur s'éloigner.

River, le vieux chien de leur père, sortit de l'ombre en trottinant. Elle le caressa avec nostalgie. Le courage lui manquait pour explorer la maison vide.

Elle s'y décida pourtant, River sur les talons. Ses bagages n'étaient plus dans le hall. Lindy les avait portés dans sa chambre.

Elle erra tristement dans les pièces sans vie, jusqu'au salon où se trouvait le piano. Là, elle s'immobilisa, une main sur le cœur. On n'avait rien changé au décor somptueux, digne d'un manoir de la grande époque. En pensée, elle revit son père en train de préparer un cocktail pendant que sa mère jouait une sonate. Généralement, ses sœurs et elle les laissaient tranquilles et en profitaient pour se gaver de pop-corn et de télévision.

Elle avait presque oublié ces moments de quiétude heureuse entre ses parents.

Mais était-ce vraiment de l'amour ?

La porte du bureau de son père était ouverte, mais elle refusa d'y pénétrer et se dirigea dans le sens opposé, vers sa chambre.

Tout était resté pareil. La tapisserie rose, le dessus-de-lit à volants, avec les rideaux assortis, trahissaient l'esprit romanesque de l'adolescente d'autrefois. Un vieil Akubra, sur une chaise, attira son attention. Elle reconnut avec émotion le chapeau de sa mère. Rose avait posé un petit mot à côté.

Tu peux monter Jade. Elle est parfaite pour toi.

Rose

P.-S. : le chapeau de maman t'ira très bien. Prends-en soin !

— Oh ! Rose, murmura Eve, les larmes aux yeux.

Les attentions de sa sœur la touchaient profondément. Leur première entrevue ne s'était pas trop mal passée, finalement.

Rien n'était perdu.

Elle déposa un baiser sur le bout de papier. Elles ne s'accorderaient jamais sur le passé, ni sur leur père, mais il fallait faire confiance à l'avenir.

Eve ne doutait pas de tout arranger.

Dès lundi, elle se rendrait à l'étude George Harrington et tirerait la situation au clair.

En attendant... Elle se déshabilla et enfila un jean et une chemise. Une promenade à cheval lui ferait le plus grand bien.

5

Contrairement à beaucoup de gens, Nate ne détestait pas le lundi.

Il aimait même particulièrement ce jour qui commençait une semaine inédite, pleine de perspectives nouvelles.

Mais il aurait volontiers laissé ce lundi-là à quelqu'un d'autre.

Il se leva pour son jogging matinal, se doucha, but un café avec un bagel et partit à 8 heures pour le bureau. Exactement comme à Sydney. Sauf qu'il était à la place de son père, dans un fauteuil en cuir avachi, au milieu d'un décor beige et marron des années 1980.

Cela n'aurait pas dû affecter ses capacités de travail. Il tenta de réagir en ouvrant le dossier de la succession Holt Waverly et nota les coordonnées des quatre filles afin de prendre contact.

Son esprit revenait constamment au dîner dominical de la veille. Devait-il appeler sa mère pour s'excuser ? Non. C'était son père qui avait tort, pas lui.

George l'avait accusé d'être distrait, inattentif. Il lui reprochait de dédaigner sa famille et sa ville natale au profit de Sydney, plus chic et sophistiquée.

Il se trompait complètement. Nate n'avait pas quitté Marni par mépris, mais pour mettre des distances entre eux.

Pour les autres griefs… La jeune femme rencontrée vendredi soir monopolisait ses pensées. George aurait-il quitté son ton suffisant si son fils lui avait expliqué les raisons ? Rien n'était moins sûr. Nate s'était donc abstenu, évitant ainsi une dispute qui aurait désolé sa mère.

Elle s'était mise en quatre pour ce repas. Il lui enverrait des fleurs et s'arrangerait pour la voir seule la prochaine fois. Il l'emmènerait déjeuner au restaurant. Elle serait ravie.

Quant à la divine créature, ce cygne blanc qui avait semé le trouble dans son existence, il ne fallait pas s'illusionner. Elle n'était pas pour lui et ne voulait même pas le revoir.

Cela ne l'empêchait pas de penser à elle et de se poser toutes sortes de questions.

Tu devrais plutôt te concentrer sur ton dossier !

Les quatre sœurs vivaient dans trois pays différents. L'une d'elles s'était mariée récemment, et même royalement. Le sort des trois autres l'indifférait. Il devait pourtant s'en préoccuper…

Il s'apprêtait à téléphoner à Rose, l'aînée, quand la porte de l'étude s'ouvrit.

— Eve !

— Nate !

Eve se figea sur place. Elle était victime d'une hallucination. Ses songeries du week-end avaient fini par faire apparaître un mirage. Ce n'était pas possible. Cela ne pouvait pas être *lui*.

Pourtant, son corps le reconnaissait et lui disait le

contraire, même s'il cachait aujourd'hui ses tatouages sous un costume, une chemise blanche et une cravate.

— Je suis désolée, M. Harrington, lança la secrétaire en se précipitant. Je n'ai pas eu le temps d'annoncer votre visiteuse qui a surgi devant moi.

Eve assimila avec un choc l'information. Nate et M. Harrington étaient une seule et même personne.

— Ne vous inquiétez pas, Penny. Eve et moi sommes de vieux amis.

De vieux amis... *Vraiment* ?

S'il s'appelait aussi Harrington, où était l'autre, celui qu'elle connaissait ? Quelle relation y avait-il entre les deux ? Était-il... *son fils* ?

— Ah, très bien alors, dit Penny en examinant la nouvelle venue derrière ses lunettes. Dans ce cas, je vous apporte un café ?

Nate sourit à Eve.

— Vous voulez ?

— Quoi ?

— Un café ? répéta-t-il avec une pointe de malice.

— Euh... Non, merci.

Pourquoi paraissait-il aussi calme, pas même déconcerté par la situation ?

— Merci, Penny. Vous pouvez nous laisser.

Il attendit le départ de l'assistante pour s'approcher.

— Je ne m'attendais pas à te revoir aussi vite.

— Je ne comptais pas te revoir du tout.

Il esquissa un sourire.

— Qu'y a-t-il de drôle ?

— Tu es brutale.

— C'est la vérité.

— Et pourtant… tu m'as retrouvé.

— Je ne t'ai pas cherché. Je suis venue voir George.

Il fronça les sourcils.

— Désolé de te décevoir. Mon père a pris sa retraite la semaine dernière. C'est moi qui le remplace.

— Non !

— Si.

Il lui tendit la main.

— Nate Harrington.

Eve n'en croyait pas ses yeux. Ni ses oreilles.

— Tu es…

— Avocat, associé du cabinet Spectre Cowan, à Sydney. Tu peux vérifier, si tu veux.

Elle secoua la tête, interloquée et impressionnée par ses références. Spectre Cowan jouissait d'une réputation internationale.

Elle craignait le contact de ses doigts entre les siens, mais s'obligea à lui serrer la main. Il s'agissait maintenant d'établir une relation professionnelle.

— Eve… Evelyn Waverly, à l'état civil.

— Eve… Evelyn ! répéta-t-il, confondu. Comment n'y ai-je pas pensé ? Tu es la fille de Holt.

— Ne m'appelle jamais Evelyn. Cela me rappelle trop mon père.

Ils demeurèrent un long moment sans bouger, paume contre paume, les yeux dans les yeux.

Elle se remémora leur conversation du vendredi soir. Comment n'avait-elle pas deviné son identité ? Elle aurait pu s'éviter de coucher avec l'homme qui tenait son destin entre ses mains.

— Je te croyais en Angleterre.

— Je préfère ne pas ébruiter ma présence en Australie.

— Tu n'es pas du tout comme j'imaginais.

— C'est-à-dire ?

— Hum. Peu importe.

Elle se mit à rire et l'atmosphère se détendit.

Néanmoins, elle ne tarda pas à se ressaisir et s'écarta. Les impressions personnelles ne devaient pas interférer dans sa démarche.

— J'ignorais que George avait un fils.

— Cela ne me surprend pas.

— Tu ne venais jamais aux réceptions ni aux dîners, quand il était invité ?

— Il ne m'emmenait pas quand j'étais petit. Plus tard, je craignais de l'embarrasser.

Il parlait sans émotion, mais elle perçut un désabusement douloureux qui faisait écho au sien. Enfant, elle avait constamment peur de déranger son père, toujours très occupé, surchargé de travail. Par la suite, après avoir percé son secret coupable, elle s'était tenue délibérément à l'écart.

— Je connais cela, murmura-t-elle.

Nate pencha la tête sur le côté.

— Ah bon ? Ses filles faisaient pourtant la joie et la fierté de Holt, il me semble.

— Rose et Matilda, pas moi.

Elle releva le menton.

— Cela ne me préoccupait pas. Je me portais mieux sans lui.

— Ce qui nous ramène à notre conversation de l'autre soir.

— Tu as bonne mémoire.

— Je me souviens de tout, Eve.

Sous son regard brûlant, elle eut envie de se jeter dans ses bras.

— Nous sommes dans une situation très délicate, reprit-il. Tu es ma cliente. Or, je n'ai pas pour habitude de dormir avec les gens dont je défends les intérêts.

Parfait, se dit Eve. Ils ne se perdraient pas en eaux troubles.

— Tu m'en vois soulagée.

— Tu es vexante.

— Je te déçois ? lança-t-elle en riant nerveusement.

Elle avait retrouvé son armure protectrice et se cachait derrière un humour à l'emporte-pièce.

— Je n'ai pas le temps de batifoler. J'ai neuf mois devant moi pour me marier.

Cela ne sembla pas du tout l'amuser.

— Tu es au courant, n'est-ce pas ? reprit-elle. Ton père t'aura renseigné.

Il acquiesça gravement.

— Oui. Holt Waverly était non seulement son client le plus important, mais aussi un ami proche. J'avais l'intention de prendre contact avec chacune de vous pour me présenter et vous exprimer mes condoléances.

— Les condoléances sont superflues pour moi, tu l'as compris. Je viens te consulter en notre nom à toutes. Cela t'épargnera quelques démarches.

« J'irai droit au but. Tu dois nous tirer d'affaire.

— Comment cela ?

— Il ne t'a pas échappé que la clause de succession est non seulement absurde, mais anachronique.

— Néanmoins valide, puisqu'elle figure dans le testament.

Il était sérieux ?

— Alors, il faut la modifier, risqua-t-elle.

— Non.

Elle croisa les bras.

— Comment cela, *non* ?

Il retourna s'asseoir à son bureau et lui indiqua une chaise.

— Je préfère rester debout, maugréa-t-elle.

— Soyons clairs, Eve. Les filles de Holt Waverly doivent se marier dans les douze mois suivant la lecture de ses dernières volontés afin de pouvoir hériter. Il n'y a pas à discuter.

— Je suis là pour en débattre, justement.

Un mélange de colère et de panique l'envahit. N'éprouvait-il aucune compassion ? Nate Harrington était-il insensible, dénué d'empathie ?

— Il n'est pas question de questionner les termes d'un acte notarié, déclara-t-il fermement. Mon père m'a chargé de l'exécuter et j'accomplirai cette tâche.

— Même si c'est injuste, sexiste... Aberrant ?

Nate s'appuya contre le dossier de son fauteuil et mit ses doigts en coupe, avec un calme exaspérant.

Elle l'enviait.

— Dis-moi une chose, Eve. Tu n'avais pas les meilleures relations du monde avec ton père. Si je me souviens bien, tu souhaites repartir en Angleterre au plus vite.

— En effet.

— Pourquoi t'obstines-tu sur cet héritage ? Financièrement, tu es déjà largement pourvue par le legs de ta mère.

— Il ne s'agit pas de moi, mais de mes sœurs. Et puis, c'est une question de justice. Rose a dédié sa vie à ce ranch qu'on lui destine depuis sa naissance. On n'a pas le droit de le lui arracher juste parce qu'elle n'est pas de sexe mâle.

— Qu'attends-tu de moi ?

Elle retint sa colère.

— N'est-ce pas évident ?

— Éclaire-moi.

— Je veux que tu trouves une faille, un vice de forme. J'ai besoin d'un conseil juridique avisé.

— As-tu envisagé de le faire ?

— Faire *quoi* ?

— Chercher un mari. Auquel cas je pourrais t'être utile, pour établir le contrat de mariage, par exemple...

— Tu es sérieux ?

— Tout à fait.

Elle resta un instant bouche bée. Puis, un doute horrible l'envahit.

— Attends... Tu savais tout ? Depuis le début ?

— Quoi donc ?

— Tu avais deviné mon identité et tu as joué la comédie ! Tu as couché avec moi délibérément ! Par pur intérêt.

Il bondit dans son fauteuil.

Enfin une réaction !

— Tu plaisantes ?

— Non. Tu viens de me conseiller le mariage, non ?

— Je t'aurais séduite pour me porter candidat ? J'aurais dissimulé mon nom, fait semblant de ne pas te connaître, passé la nuit avec toi... pour une part d'héritage ?

— Tu ne serais pas le premier ni le dernier à manigancer ce genre d'arnaques.

— Tu n'as pas une haute idée des hommes. C'est toi qui es sexiste !

— Je parle d'expérience, malheureusement.

— Eh bien ! Ton père t'a salement influencée...

« Non, Eve, si j'avais su qui tu étais, j'aurais gardé mes distances.

Elle se cramponna à son indignation.

— Pourquoi ?

Il se leva et s'approcha.

— Pour les raisons que tu m'as données. Tu ne veux pas t'engager. Tu ne cherches pas l'amour. Contrairement à moi.

— Tu ne pouvais pas le savoir avant de me parler, chuchota-t-elle, troublée.

— C'est vrai. Mais nous nous connaissons un peu, maintenant. Nous savons à quoi nous en tenir. Quand je me marierai, ce ne sera pas par intérêt, mais par amour, pour passer le reste de mon existence avec la femme que j'aurai choisie.

— Quelle noblesse d'âme ! ironisa-t-elle.

— Non, c'est normal. Nous sommes nés pour donner et recevoir de l'amour.

Assaillie par une émotion intempestive, Eve chercha ses mots avec difficulté.

— Comment peux-tu dire cela quand tu as eu de si mauvaises relations avec ton père ?

— Il ne m'a pas donné l'exemple, mais ma mère m'a aimé sans compter. J'ai tout appris grâce à elle. Je crois à la force des sentiments.

Ces paroles éveillaient en Eve des réactions contradictoires, d'envie et de rejet en même temps.

— Pas moi, déclara-t-elle. J'ai une précision à ajouter sur mon père. C'était un homme infidèle, qui a eu une enfant hors mariage dont nous avons ignoré l'existence jusqu'à sa mort. Cela ne plaide pas en sa faveur.

— Il a sans doute voulu protéger sa famille.

— J'aurais préféré sa franchise et son honnêteté.

— Il a fini par tout révéler au grand jour.

— Beaucoup trop tard. Que d'années perdues !

— On ne refait pas le passé, Eve.

Elle secoua la tête.

— Tu ne comprends pas.

— Si... Plus que tu ne crois. Ne reste pas figée sur le passé. Pense plutôt au futur, Eve.

Elle avait l'impression d'entendre Rose.

— L'avenir s'annoncerait très bien si mon problème était résolu.

— Lequel ? railla-t-il. Tu ne devrais pas projeter le comportement de ton père sur les autres, à commencer par moi.

Elle poussa un long soupir.

— Je n'ai pas envie de me disputer. J'ai besoin d'aide, pour moi et pour mes sœurs.

Elle l'implora du regard.

— Mets-toi à notre place, à la mienne. Je ne veux pas prononcer des vœux vides de sens que je ne tiendrai pas. Je ne veux pas me marier. Ni par commodité, ni par amour. Dans le premier cas, ce serait un mensonge, dans le second, un pari perdu d'avance.

— Alors, il faudra te résoudre à restituer Garrison Downs à son premier propriétaire. Ton ancêtre en a décidé ainsi.

— Rose ne s'en remettra jamais.

— De mon point de vue, tu as une seule option.

« Te trouver un mari.

Tu t'entends ? protesta une petite voix dans le for intérieur de Nate. *Elle t'a méchamment mis en cause tout à l'heure, mais ce n'est pas une raison pour la brusquer. Elle est coincée et réclame ton aide.*

En plus, elle n'avait pas tort. Cette clause était sexiste et archaïque.

Et pour être tout à fait franc avec lui-même, Eve était tellement désespérée que, oui, l'idée de l'épouser l'avait effleuré. Pourquoi pas ?

Beaucoup de gens se mariaient pour moins que cela.

Mais pas lui.

Il voulait un mariage d'amour.

En plus, elle voulait repartir à Londres. Pour son travail qui était toute sa vie. Elle était bien la fille de son père.

Elle se prit la tête à deux mains et se mit à marcher de long en large.

— Tu dis vraiment n'importe quoi.

— Pas du tout. D'ailleurs, si tu ne crois pas à l'amour, cela simplifie beaucoup la situation. Tu peux épouser n'importe qui, un ami, une connaissance, quelqu'un qui comprend ton problème. Tu divorceras ensuite. Il suffira d'établir un contrat dans ce sens.

Il s'immobilisa devant la fenêtre.

— Eve ?

— Euh... Je réfléchis.

— C'est gagnant-gagnant. D'ici un an, tu recouvreras ta liberté après avoir touché ta part d'héritage.

— Ce serait malhonnête.

— Un simple tour de passe-passe pour contourner un testament que tu récuses de toute façon.

— Je déteste le mensonge.

Nate s'avança.

— Eve, je ne t'ai pas menti, vendredi.

Elle se tourna vers lui et son parfum l'assaillit, le ramenant vers cette nuit qui les avait rapprochés.

— Je ne savais pas du tout qui tu étais, reprit-il. Je te jure. Je voulais juste faire ta connaissance. J'en ai eu envie dès que je t'ai vue descendre du taxi.

Un désir fou l'aiguillonnait, qu'il réprima de toutes ses forces.

— Dis-moi une chose, chuchota-t-elle.

— Quoi ?

— As-tu encore envie de moi ?

Comment aurait-il prétendu le contraire ? Comme il se taisait, elle empoigna sa cravate et l'attira vers elle.

— Parce que moi, j'ai très envie de toi. Cela m'excite et me terrifie en même temps. Je n'ai jamais rencontré un homme qui me fasse autant d'effet.

— C'est la même chose pour moi, admit-il sans réfléchir.

Son sourire enjôleur le récompensa.

Elle s'humecta les lèvres.

— Ne me refuse pas ton aide, supplia-t-elle.

Il se ressaisit instantanément et l'attrapa par le poignet.

— Tu es habile, Eve, mais je ne tomberai pas dans le piège.

« Il n'est pas en mon pouvoir de modifier le testament de Holt. J'ai promis à mon père de veiller rigoureusement à son exécution. Je tiendrai ma promesse.

Écarlate, elle le fusilla du regard.

— Pourquoi joues-tu au fils modèle avec un homme qui ne le mérite pas ?

— Par devoir. J'ai des principes.

Elle battit des cils.

Son amertume à fleur de peau le touchait. Il la provoquait délibérément, pour la contraindre à affronter son passé. Tant qu'elle ne serait pas débarrassée de sa colère, elle souffrirait.

— Toi aussi, tu as une dette envers ton père, reprit-il. Tu es moins indifférente que tu ne voudrais le paraître. Plus vite tu en auras conscience, mieux cela vaudra pour les gens de ton entourage.

Elle ouvrit la bouche, mais aucun son n'en sortit. Visiblement, elle avait du mal à accepter ses paroles.

Il eut envie de l'embrasser. Pour la consoler, effacer le chagrin qui la rongeait à l'intérieur. Le jour où elle baisserait enfin ses défenses, elle renaîtrait plus forte, plus libre.

— À présent, je te suggère de partir avant que la situation échappe complètement à notre contrôle...

Elle soutint durement son regard.

— Bien ! Tu refuses de nous aider. Je m'adresserai à quelqu'un d'autre.

— Bonne idée. Reviens me voir quand tu l'auras trouvé. Je rédigerai le contrat de mariage.

— Ce n'est pas ce que je voulais dire.

— Ah.

Elle émit un grognement furieux, tourna les talons et sortit en claquant la porte.

Après son départ, Nate se retrouva encore plus désemparé que le samedi matin. Au moins, ils s'étaient quittés en bons termes.

Aujourd'hui, c'était une catastrophe. Elle ne s'attendait pas à une fin de non-recevoir et ne lui pardonnerait jamais son refus.

Dans quelles circonstances se reverraient-ils ? Elle serait peut-être fiancée... Si elle le prenait au mot, oserait-elle le consulter pour établir son contrat de mariage ?

Une jalousie déplacée le submergea.

Quel individu détestable ! Arrogant, sûr de lui, ego-centré...

Eve prit juste le temps de se déchausser pour ne pas salir la moquette blanche de maman et se dirigea vers le bar, dans le salon, en marmonnant tout bas.

— Que se passe-t-il ? demanda Rose.

Eve se servit un verre.

— Je suis dans une colère noire.

— On peut savoir pourquoi ?

— Tu bois quelque chose avec moi ? Et puis d'abord, que fais-tu ici ? Tu ne devrais pas être dehors à rassembler le bétail ?

— J'avais des coups de fil à passer. J'ai deux garçons vachers à remplacer d'urgence. Ils ont de la fièvre et sont cloués au lit. Nous n'avons pas encore tatoué les veaux, il faut remblayer les chemins après les grosses pluies et deux génisses sont sur le point de mettre bas.

Plus Rose donnait de détails, plus Eve se sentait coupable et inutile. Elle n'avait décidément pas sa place à Garrison Downs. Elle n'était bonne à rien.

— Que puis-je faire pour aider ?

— Tu t'occupes de la succession, c'est déjà beaucoup.

Hum, si elle savait...

— Je veux dire, concrètement ?

— Tu sais encore manier un lasso ?

— Cela ne s'oublie pas, j'imagine.

Rose jeta un regard perplexe sur son chemisier en soie et ses ongles parfaitement manucurés.

— Ton vernis ne résistera pas.

— Cela n'a aucune importance. Mets-moi au travail, boss.

— D'accord, Bambi.

— Oh non, s'il te plaît ! Je détestais ce surnom.

— C'était pourtant gentil. Un hommage à tes grands yeux et ton sourire attendrissants.

Eve secoua la tête.

— Et mon allure dégingandée...

— Allez, dépêche-toi de te changer, lança Rose en riant. Je t'emmène.

Eve se félicitait déjà d'avoir trouvé une échappatoire quand sa sœur la rappela.

— Au fait, comment s'est passée ton entrevue avec Harrington ?

— Eh bien... Il a pris sa retraite. Tu avais raison, il a des soucis de santé. C'est son fils qui le remplace.

— J'ignorais qu'il avait un fils.

— Moi aussi.

— Il est comment ?

— Puant. Arrogant. Imbu de sa personne.

Incapable de mentir à Rose, elle se garda cependant de lui raconter les détails de leur première rencontre.

— Tu ne mâches pas tes mots.

— Il ne mérite pas notre indulgence. Normalement, à l'âge qu'il a, il devrait être acquis à notre cause, mais c'est tout le contraire. Il soutient le point de vue de nos ancêtres rétrogrades.

— Ce qui explique ta colère.

— Il m'a excédée.

— Le pauvre ! Il ne sait pas à qui il a affaire.

Le sourire complice de Rose revigora sa sœur.

— Oui, je ne me laisserai pas abattre.

« En attendant, je vais passer ma frustration en me rendant utile concrètement.

C'était peut-être le moyen d'oublier des yeux bleus qui l'obsédaient.

6

Travailler pour Rose, et avec elle, faisait le plus grand bien à Eve.

Même si le job n'était pas très glamour, elle s'y adonnait avec plaisir depuis maintenant plusieurs semaines.

C'était même gratifiant et libérateur. Et presque amusant de se replonger dans l'atmosphère du ranch et de cette existence qu'elle avait voulu fuir. Une fois débarrassée de son secret de famille encombrant, elle reprenait goût à la vie au grand air.

Si ses collègues londoniens la voyaient en ce moment, ils ne la reconnaîtraient pas. La poussière ternissait ses cheveux blonds sagement attachés et elle avait attrapé un coup de soleil sur les joues. Mais elle s'en moquait. Les montagnes, à l'horizon, se teintaient d'un rose orangé magnifique.

Rose la rejoignit dans la véranda avec des bières fraîches.

— Pourquoi souris-tu ? demanda-t-elle.

— Je pense à mes collègues, à Londres.

Elle porta la bouteille à ses lèvres et but au goulot, tout naturellement. Ce soir, la boisson lui parut bizarrement amère. Une gorgée lui suffit. Elle se sentait fatiguée et courbatue, mais contente de se reposer après une rude journée de travail.

Rose lui sourit en s'installant sur la balancelle.

— Des nouvelles de Harrington Junior ?

Eve se raidit.

— Non.

Elle réussissait à l'oublier quand elle était occupée, mais son image la hantait toutes les nuits. Elle ne contrôlait pas ses rêves.

— Il t'a dit quoi, exactement, quand tu l'as vu à Marni ?

Eve reposa sa bière. L'odeur l'écœurait. Ou était-ce l'évocation de Nate ?

— Il nous conseille de nous trouver un mari avant la date de l'échéance.

Rose non seulement ne s'esclaffa pas, mais sembla réfléchir à cette éventualité.

— Tu n'y penses pas sérieusement ?

— Je ne vais pas te mentir, Evie. J'y ai songé.

— Tu plaisantes !

— Si c'est le seul moyen d'arriver à nos fins...

Rose était tout à fait sérieuse. À vrai dire, cela ne surprenait pas Eve. Elle avait fait le voyage précisément pour la dissuader d'en arriver là.

Mais de là à l'entendre de sa bouche...

Rose haussa les épaules.

— Après tout, on peut se marier temporairement. C'est tout de même tentant de régler le problème définitivement.

— *Tentant* ? Comment peux-tu parler ainsi ?

— Je sais, Evie. Mais je suis fatiguée. Physiquement et moralement. Je ne peux pas imaginer ma vie ailleurs que dans ce ranch.

— Tu es une femme merveilleuse qui mérite mieux qu'un mariage forcé que tu n'as pas choisi.

— Je *choisis* Garrison Downs.

C'était bien ce qui inquiétait Eve.

— As-tu une meilleure idée à me proposer ? Cela fait un mois que tu es là...

Eve sursauta.

— Un mois déjà !

— Le temps passe vite quand on est occupé.

— Oui...

Perdue dans ses calculs, Eve n'écoutait plus. Quatre semaines, donc vingt-huit jours s'étaient écoulés depuis son arrivée et elle n'avait pas eu ses règles.

Alors qu'elle n'avait jamais de retard.

En plus... Elle avait des nausées.

Non. *Non*, ce n'était pas possible.

— Tu préfères un pinot Grigio ? demanda Rose en voyant sa grimace.

— Non, merci. Je n'ai pas envie de boire.

Rose fronça les sourcils en scrutant son expression.

— Ah bon ? Tout va bien ?

— Oui.

— En fait, tu n'as pas l'air dans ton assiette.

— Tu peux te passer de moi demain matin ?

— Bien sûr. Pourquoi ?

— J'ai besoin d'aller en ville.

— Tu veux essayer de revoir Harrington Junior ?

Un mélange de panique et de malaise empêcha Eve de répondre.

— Peut-être.

— Ne prends pas tout sur toi, Evie. Nous avons chacune

notre rôle à jouer et notre décision à prendre. En tout cas, je suis contente que cette histoire t'ait ramenée à la maison.

Eve esquissa un sourire tremblant.

— Moi aussi, Rose, répondit-elle en serrant affectueusement la main de sa sœur.

Si jamais elle était enceinte...

Elle en aurait le cœur net demain.

Mais elle craignait de soupçonner déjà la vérité.

— C'est très gentil à vous, madame Cooper, mais ce n'était pas nécessaire.

— Cela me fait plaisir ! insista la vieille dame en posant un carton à pâtisseries sur le bureau de Nate. Après tout ce que votre père a fait pour nous, c'est la moindre des choses. Il nous a bien défendus quand mon Charlie est tombé de l'échelle et que la compagnie refusait de payer les indemnités. Sans lui, je ne sais pas ce que nous serions devenus.

Le témoignage de Mme Cooper s'ajoutait à une longue liste. Tout le monde louait la générosité du notaire de Marni. À en croire les uns et les autres, George Harrington était une bénédiction. Quel contraste avec l'homme que Nate avait côtoyé !

Ce n'était qu'à moitié étonnant, car George avait consacré sa vie à son travail et ses clients, parfois même gratuitement.

Nate l'avait-il jugé trop durement ?

Malgré tout, ses qualités professionnelles ne changeaient rien à leurs relations. Il n'avait pas été un bon père.

— Je lui transmettrai votre bon souvenir, madame Cooper.

— S'il vous plaît. En tout cas, tout le monde ici est très content de vous voir prendre la suite. Le nom de Harrington est un gage de confiance.

Nate raccompagna poliment la cliente et donna discrètement les gâteaux à Penny. Depuis un mois, c'était un vrai défilé de curieux, sans compter les parents de filles à marier, car il était un beau parti.

Debout sur le pas de la porte, il se gratta la nuque en s'efforçant de réconcilier deux versions contradictoires d'un même personnage. Le notaire et son père paraissaient aux antipodes l'un de l'autre.

La vue d'une jeune femme blonde sortant de la pharmacie le tira de ses réflexions. Il était trop loin pour distinguer son visage, mais la blondeur de la queue-de-cheval et sa silhouette gracieuse, avec son cou de cygne, évoquèrent Eve immédiatement.

Pourtant, habillée ainsi, en jeans et chemise à carreaux, et coiffée d'un chapeau de cow-boy ? Non. Et pourtant...

— Eve ! s'écria-t-il sans réfléchir.

Ils s'étaient quittés fâchés et elle avait ignoré tous ses appels. En tant qu'exécuteur testamentaire, il avait le devoir de suivre l'affaire. D'autres raisons, plus intimes, le poussaient à garder contact.

Non seulement elle ne ralentit pas, mais elle pressa le pas.

— Je m'absente un instant, Penny, lança-t-il.

Il rattrapa la jeune femme au moment où elle ouvrait la portière d'une camionnette et jetait son sac à l'intérieur.

— Eve, attends, s'il te plaît !

Elle se redressa et lui fit face en le fixant de ses grands yeux bleus.

— Écoute, je suis désolé de la manière dont nous nous sommes quittés. J'ai essayé plusieurs fois de te joindre...

— Je suis très occupée.

— J'imagine... Tu aides Rose ?

Sinon, pourquoi serait-elle habillée ainsi ?

— Oui, et tout se passe très bien, merci.

— Je n'en doute pas. Je... suis juste surpris par ta tenue.

Elle pencha la tête sur le côté.

— Tu m'as couru après pour commenter mon nouveau look ?

— Non, bien sûr. Je voulais m'excuser. Je n'avais pas l'intention de te blesser. Je n'aurais jamais couché avec toi si j'avais su...

— Moi non plus, évidemment.

— Puisque nous sommes au moins d'accord sur ce point, nous pouvons peut-être nous réconcilier et nous entendre pour la suite ?

— Tu t'es délié de tes obligations envers ton père ?

— Ce n'est pas si simple.

— Ah ?

— Tu ne comprends pas.

— Alors, explique-moi.

Nate se tourna vers l'enseigne du cabinet.

— Parfois, on a l'impression de connaître quelqu'un depuis toujours et subitement...

Il s'interrompit.

— Tu sais très bien de quoi je parle.

— En effet, acquiesça-t-elle. On découvre parfois des facettes insoupçonnées chez des gens qui nous sont très proches.

— Je ne ravive pas une blessure douloureuse, j'espère ?

— Ne t'inquiète pas. La cicatrice s'est rouverte dès mon arrivée.

— La mienne ne guérira peut-être jamais.

Elle plissa le nez.

— Cette conversation prend un tour déprimant.

— Nos pères avaient des vies secrètes.

— Le mien avait une famille cachée. Et le tien ?

Nate fit la moue.

— Je pensais que sa clientèle périclitait. Ses gros clients disparaissaient et il ne les remplaçait pas.

— La mort finit par nous atteindre tous, murmura Eve en croisant les bras dans une posture défensive.

— Certes.

— C'était probablement délibéré de sa part, reprit Eve. Il avait sans doute peur de laisser des dossiers en plan.

— Encore une fois, tu as raison. Malgré tout, il prend sa retraite un peu tôt.

— Pour des raisons de santé, apparemment. Et tu dois assurer la relève...

Eve se tut un instant.

— Tout de même, j'ai du mal à concevoir comment tu peux abandonner une belle situation à Sydney pour Marni. L'animation d'une grande ville ne va pas te manquer ?

— J'ai toujours eu l'intention de revenir m'installer ici. Je ne fonderai pas une famille dans un endroit où les enfants ne peuvent pas jouer dehors...

Il s'interrompit brusquement en remarquant sa pâleur. Était-elle malade ?

— Je t'écoute, le pressa-t-elle d'une voix sourde en s'adossant à la voiture.

— Mon but n'était pas de faire plaisir à mon père, ni de flatter sa fierté en reprenant la direction de son cabinet. Mais je ne serais pas fâché de lui montrer qu'on peut très bien mener de front vie familiale et réussite professionnelle.

— L'idéal, murmura-t-elle.

— C'est ce que je souhaite. Jusqu'ici, je ne pensais pas à mon père. Il a toujours été tellement distant…

« Mais je découvre un aspect de sa personnalité que je ne soupçonnais pas.

— Cela change quoi ?

— Je ne sais pas encore. J'en suis au stade de l'analyse. Les clients très riches, comme Holt, lui permettaient d'aider des gens démunis. Parfois, il ne réclamait même pas d'honoraires.

— Un Robin des Bois des temps modernes, en somme ?

Nate pinça les lèvres.

— Dans un sens. Sauf qu'il négligeait complètement sa femme et son fils.

— Au moins, ses motivations étaient pures, et même altruistes. Je ne peux rien dire de tel pour mon père.

— Qui peut juger ? Tout n'est pas noir et blanc. Holt jouissait d'une excellente réputation. Il n'était peut-être pas fier de son écart de conduite, mais il a fait de son mieux pour réparer ses torts et veiller à assurer l'avenir de toutes ses filles.

— En gardant le secret sur Ana jusqu'à la fin ? railla Eve.

— Il a préservé ta famille en repoussant le plus longtemps possible la révélation de son existence. Finalement, son testament lui reconnaît autant de droits qu'à ses filles légitimes.

— Ton père en sait plus que nous…

— Tu pourrais discuter avec lui.

— Moi ? s'esclaffa-t-elle. C'est plutôt toi qui as besoin de lui parler.

— Tu ne dirais pas cela si tu nous voyais ensemble dans la même pièce.

— Cela te soulagerait d'exprimer ton ressentiment. Laisse-lui une chance de s'amender pendant qu'il est encore temps.

— Tu regrettes de ne pas l'avoir fait avec Holt ?

— Non. J'ai vidé mon sac. Devant ma mère, en plus. Mais je n'ai pas eu le courage de rester pour affronter les conséquences et lui permettre de s'expliquer. Et cela m'a privée de ma mère et de mes sœurs pendant des années...

« J'ai une question à te poser.

— Laquelle ?

— Ton père ne t'a jamais dit *pourquoi* mes parents n'avaient jamais tenté de supprimer cette clause ridicule ?

— Je lui ai posé la question.

— Ah bon ?

— Oui, parce que je suis choqué moi aussi. L'enjeu est tellement important...

— Qu'a-t-il répondu ?

— Le ranch implique beaucoup de responsabilité. Holt préférait que ses filles soient épaulées. Un couple est toujours plus fort qu'une personne seule...

— Comment a-t-il pu utiliser cet argument alors qu'il a trompé sa femme ! protesta Eve.

— Même s'il a été infidèle, ils ont surmonté l'épreuve. Ta mère n'allait pas bien du tout à une certaine période...

— Ne parle pas de cela, coupa-t-elle.

Nate hésita.

— D'après mon père, Holt désirait aussi resserrer les liens entre ses filles.

Il guetta une réaction qui ne venait pas et poursuivit.

— Il craignait que Rose soit trop occupée pour chercher un mari avec qui partager la charge de travail. Matilda resterait au ranch avec elle. Mais toi, tu étais loin, tu ne reviendrais pas. Quant à Anastasia, il fallait trouver un moyen de l'inclure et la mettre sur un pied d'égalité.

Au bout de quelques secondes, Eve éclata de rire.

— Ton père croit vraiment à ces sornettes ?

— Je ne m'attendais pas à cette réaction.

— C'est aussi ridicule que la clause elle-même !

— Tu es rentrée, pourtant. Il n'avait donc pas complètement tort. En plus, c'est incroyable comme tu as changé en l'espace d'un mois. Physiquement et moralement. Tu resplendis.

Elle paraissait aussi moins anglaise, plus australienne. Mais il n'en dit pas plus. Elle se serait moquée de lui.

— Ton père est déconnecté de la réalité et toi aussi. Rose n'a besoin de personne pour gérer l'exploitation. Moi, je ne suis pas faite pour le mariage. Tant mieux pour Tilly si elle est tombée amoureuse d'un prince. C'est un heureux concours de circonstances. Quant à Ana, je ne la connais pas assez pour me prononcer, mais j'irai bientôt la voir à Melbourne.

— Quand ?

— Je n'ai pas encore fixé de date.

— Tu vas vraiment la rencontrer ?

— Bien sûr. C'est ma sœur.

Nate réprima un sourire. Ne voyait-elle pas que les prédictions de Holt commençaient à se réaliser ?

— Tu ne me convaincs pas, Eve.

— Tu ne sais pas de quoi Rose est capable. Il te suffirait de passer une journée au ranch pour comprendre.

— C'est une invitation ?

Elle plissa le front.

— Le moment est mal choisi. Tout le monde est débordé, en ce moment.

— Cela me paraît idéal, au contraire.

« De quoi as-tu peur ?

— Je n'ai pas peur.

— Alors, je passe la journée de demain chez vous.

— Rose n'est pas prévenue.

— Avertis-la et tiens-moi au courant. De toute façon, je vous rendrai visite un jour ou l'autre.

7

Eve posa le bâtonnet à la suite des autres tests sur le rebord du lavabo de sa salle de bains.

Ils étaient tous de marque différente, mais avec le même résultat.

Une erreur était-elle possible ?

Était-ce raisonnablement envisageable ?

D'autant que son corps disait exactement la même chose.

Elle connaissait déjà la réponse et pressa un poing sur sa bouche. Elle était enceinte. Que fallait-il faire ? Le dilemme résumait l'histoire de sa vie.

— Evie, tu viens ? cria Rose depuis le rez-de-chaussée. Qu'est-ce que tu fabriques ? Nous devrions déjà être parties.

Elle jeta à la hâte la batterie de tests à la poubelle. Elle était censée aider sa sœur, pas aggraver les choses.

Jusqu'alors, elle avait au moins le choix de se marier ou pas... Maintenant, elle semblait presque condamnée à épouser le père de son bébé. Elle était dépassée par les événements.

— Eve !

— J'arrive !

Sa sœur faisait les cent pas dans la véranda.

— Enfin.

— Désolée, boss, dit Eve en enfilant ses bottes.

Rose lui jeta un regard en coin.

— Tout va bien ?

Des gouttes de transpiration perlaient sur le front d'Eve.

— Oui, pourquoi ?

Elle sortit et inspira profondément.

— Tu as pris un petit déjeuner ?

— Je n'ai pas faim.

— Il faut manger, Evie.

Rose lui lança un sac en papier avec des beignets dont l'odeur lui souleva l'estomac. Elle s'en débarrassa promptement dans un massif de bougainvilliers et emboîta le pas à sa sœur. Les chevaux étaient déjà sellés et piaffaient d'impatience.

— Tu as déjà fini ? lança Rose en se retournant vers sa sœur.

L'irruption d'Aaron tira Eve d'embarras.

— Nous avons un problème grave à régler. Une pompe nous a lâchés et Jacko est absent.

Rose poussa un juron en soupirant.

— Emmène Kylie.

— Mais toi... ?

— Je gère.

— Tu es sûre ?

— Oui.

Un bruit de moto assourdissant, inattendu, les interrompit.

— Qui arrive ainsi sans prévenir ?

Avertie par un sixième sens, Eve avait déjà deviné.

— Restez ici. Je vais voir, lança Rose comme sa sœur s'apprêtait à répondre.

Trop préoccupée par son état, Eve n'avait pas pris le temps de lui parler de Nate. Elle avait eu tort, évidemment.

Elle monta en selle et éperonna Jade pour essayer de devancer Rose. Elle la rejoignit au moment où Nate coupait le moteur et enlevait son casque.

Auréolé par les rayons du soleil levant, il était encore plus beau que dans son souvenir, avec son bronzage qui faisait ressortir le bleu de ses yeux. Quel homme !

Le père de son enfant...

Jade fit un écart et elle tira sur les rênes pour l'immobiliser. Si seulement il était aussi facile de contrôler ses émotions !

— Qui êtes-vous ? questionna Rose nerveusement.

Avant de répondre, Nate lança à Eve un regard moqueur.

— Votre sœur ne vous a pas parlé de moi ?

Eve se hérissa.

— J'avais dit que je te tiendrai au courant.

— Comme je n'ai pas reçu de message, j'en ai conclu que cela ne posait pas de problème.

Rose les observa tour à tour.

— J'aimerais bien une explication !

— Rose, je te présente Nate.

— Nate Harrington, précisa le nouveau venu en mettant pied à terre.

Il tendit la main.

— Le fils de George ?

— Lui-même.

— Et... que nous vaut l'honneur de votre visite ?

— En plaidant votre cause, votre sœur m'a suggéré de vous voir à l'œuvre, de passer une journée avec vous, en quelque sorte.

— *Pardon ?*

Eve haussa les épaules d'un air faussement désinvolte. La gorge sèche, elle était incapable de proférer un son.

Sans hésiter, Rose saisit la balle au bond.

— Dans ce cas-là, autant vous rendre utile. Vous montez à cheval, j'imagine ?

— Bien sûr, j'ai même fait des compétitions de rodéos dans mon adolescence.

— Parfait. Eve va vous emmener à l'écurie. N'oubliez pas de prendre un chapeau.

Puis, Rose se tourna vers sa sœur.

— *Toi*, tu m'expliqueras plus tard. Rejoignez-moi aux paddocks.

Elle s'éloigna au trot, sous le regard amusé de Nate.

— Ta sœur est-elle toujours aussi... accueillante ?

— Tu as eu tort de t'imposer ainsi, Nate.

— Je commence à te connaître. Tu ne m'aurais jamais fait signe. Et je ne suis pas très patient. Surtout quand j'ai hâte de revoir une jolie femme.

Le cœur d'Eve bondit dans sa poitrine.

— Suis-moi, commanda-t-elle en éperonnant Jade sans ménagement.

Déjà ébranlée par le résultat du test de grossesse, elle n'avait vraiment pas besoin d'autres émotions fortes.

Comment lui annoncerait-elle la nouvelle ?

Car il faudrait bien le lui dire.

Les secrets avaient détruit sa famille. Il n'était pas question de s'enferrer dans le mensonge.

Instinctivement, elle posa une main protectrice sur son ventre. Elle ne décevrait pas son enfant. Le père avait aussi le droit de savoir. Elle lui parlerait à la fin de la journée, quand ils auraient fini de travailler.

Ensuite, il faudrait bien accepter l'inconcevable.

À peine arrivée à l'écurie, Eve lança un Akubra à Nate.

— Qu'y a-t-il de si drôle ?

— Rien.

— Alors, arrête de sourire et enlève ton blouson de cuir. Sinon, tu vas mourir de chaud.

Elle n'osait pas le regarder en face.

— Ne t'attends pas à une partie de plaisir. Rose mène tout le monde à la baguette.

— J'imagine bien.

Elle hocha la tête abruptement et se dirigea vers la porte. Nate la rattrapa par le bras.

— Excuse-moi de m'être imposé.

Il ne comprenait pas son extrême nervosité.

— Et aussi... pardon pour ma remarque sexiste. Sur les jolies femmes.

Une palefrenière surgit à ce moment-là en amenant un magnifique et très grand cheval noir, à la robe lustrée.

— Voilà, Eve. Mercury était sellé pour Aaron, mais il s'en va en jeep... Donc, ce sera pour ton invité.

— Merci, Sally.

Eve tendit les rênes à Nate, qui faillit hésiter. Il n'avait pas monté depuis... plusieurs années.

Il ne pouvait pas reculer.

— Eh bien, allons-y ! s'écria-t-il courageusement.

Il flatta l'encolure de Mercury qui frotta son museau sur sa chemise. Puis, il mit le pied à l'étrier, enfourcha sa monture et suivit Eve en se concentrant sur ses sensations. En équitation, le mental était aussi important que le physique.

Ils rejoignirent Rose et les autres aux paddocks.

— Tout va bien ? s'assura Eve.

Le soleil jetait une lueur dorée sur sa peau et ses cheveux blonds. Elle était magnifique.

— Très bien ! répondit-il fièrement.

— Tant mieux. Tu risques d'avoir un peu mal aux fesses dans quelques heures. Le premier jour, j'ai eu des courbatures !

Il la laissa partir devant. Ils auraient tout le temps de bavarder un peu plus tard. Pour le moment, il prenait plaisir à contempler le paysage, avec les montagnes à l'horizon. Il était revenu dans sa contrée natale parce qu'il adorait la nature. Sydney avait son charme, mais rien n'égalait l'outback.

Surtout quand l'occasion se présentait de chevaucher en compagnie d'une ravissante cavalière au maintien parfait, avec ses beaux cheveux blonds flottant au vent.

— Qui aurait cru cela ?

Rose se rapprocha d'Eve en lui montrant Nate, au loin, en train de ramener deux bêtes vers le troupeau.

— Quoi donc ? lança Eve innocemment.

Tout au long de la matinée, elle s'était efforcée d'ignorer la présence terriblement troublante de leur nouvelle recrue.

— Le beau gosse se débrouille bien !

Eve rit de bon cœur.

— Absolument.

— Il travaille dur en plus.

— Tu sais que c'est un des meilleurs avocats de Sydney ?

— Avec ces tatouages ?

Il avait roulé ses manches au-dessus des coudes.

— Mmh-mmh.

Les mêmes préjugés que sa sœur l'avaient sans doute induite en erreur le premier soir. Nate ne correspondait pas du tout à l'idée qu'on se faisait d'un homme de loi. En plus, c'était un excellent cavalier. Elle l'admirait sincèrement.

Rose lui jeta un regard bizarre.

— Bien, arrêtons-nous pour déjeuner, décida-t-elle. Les bêtes pourront boire à la rivière. Je vais appeler Aaron par satellite. Tu t'occupes de notre hôte ?

Eve hocha la tête et partit au trot en direction de Nate, qui se retourna à son approche. Elle frissonna. Cesserait-il un jour de la chavirer ainsi ?

— Pause-déjeuner ! annonça-t-elle. Mettons-nous à l'ombre au bord du ravin. Nous pourrons surveiller le bétail.

— D'accord, boss.

Sa voix grave la bouleversait, même si l'emploi de ce surnom, normalement réservé à Rose, l'irrita. En même temps, elle était flattée de ne plus se sentir à l'écart

Elle attacha les chevaux à une branche d'arbre, étala une couverture par terre et sortit l'eau et le pique-nique du sac isotherme. Elle avait conscience de s'affairer pour dissimuler son trouble.

— Tiens ! dit-elle en tendant un sandwich à Nate.

Il s'assit à côté d'elle et se désaltéra tandis qu'elle contemplait la vue. Les escarpements rocheux contrastaient avec la terre rouge et le vert des eucalyptus. Un grand calme régnait tout à coup, qu'Eve était bien loin de ressentir au-dedans.

Elle but longuement pour se rafraîchir.

— Tu as impressionné Rose, commenta-t-elle pour briser le silence, encore alourdi par son secret.

— Pas toi ? plaisanta-t-il.

Elle se dérida.

— Si ! Moi aussi.

— Je te remercie. Tu es plutôt avare de compliments, d'ordinaire.

Elle secoua la tête en se remémorant leur première nuit qui semblait si lointaine. Un mois seulement avait passé, mais beaucoup de choses avaient changé. *Tout*.

— Pour être franc, l'activité physique me fait le plus grand bien, reprit-il.

— Tu t'en sors à merveille.

— Toi aussi, répliqua-t-il en mordant avec appétit dans son sandwich. Finalement, le travail de bureau n'a pas entamé notre énergie et notre endurance.

Plusieurs fois dans la matinée, elle avait croisé son regard, mais s'était vite détournée en faisant semblant de rien.

— C'est beau ici, murmura-t-il.

— Oui.

Il se mit à rire doucement. Elle l'observa à la dérobée. Appuyé sur un coude, les jambes étirées devant lui, il était… incroyablement *sexy*.

— Qu'y a-t-il de drôle ? demanda-t-elle.

— Après tout ce que tu m'as dit au bar, je suis étonné que tu approuves. Tu avais l'air de détester cet endroit.

— J'ai peut-être exagéré un peu, admit-elle.

— En fait, tu avais peur de revenir après tant d'années passées au loin, non ?

Elle but une gorgée pour réprimer une nausée qui montait.

— J'adore Londres. J'adore aussi la vie ici.

Essayait-elle de se convaincre elle-même ? Comment pouvait-on changer à ce point en l'espace d'un mois ? À cause de Nate, Rose… et du bébé ? Tous ces éléments nouveaux semaient la confusion dans son esprit et modifiaient ses priorités, mais Londres lui manquait.

Vraiment ?

— Quand j'ai voulu partir, j'ai trouvé tout ce qu'il me fallait en Angleterre.

— Pourquoi es-tu partie ?

Comme s'il ne le savait pas encore... Mais elle ne lui avait pas raconté toute l'histoire.

Reposant son sandwich, elle plia les genoux et les entoura de ses bras.

— J'avais quinze ans quand j'ai découvert la liaison de mon père. Cela m'a brisée. Je ne supportais plus de vivre sous le même toit que mes parents. Et j'étais très gênée pour mes sœurs.

— Tu ne leur as rien dit ?

— Non. Pour ne pas flétrir leur innocence et leur joie de vivre. Elles l'ont appris le jour où ton père a lu le testament de Holt.

Il poussa un juron.

— Oui, c'était un peu rude. À l'époque, j'étais en pension. J'ai arrêté de venir en vacances à la maison et j'ai quitté l'Australie dès que j'ai pu. Mes grands-parents m'ont accueillie en Angleterre en m'offrant tout l'amour dont je rêvais. J'ai vraiment été choyée. J'ai comblé le trou laissé par le départ de ma mère quand elle s'est mariée. Même si je ne leur ai jamais rien confié sur mon père, ils avaient beaucoup de ressentiment envers lui. Cela m'a confortée dans ma décision.

— Tes grands-parents en voulaient aussi à ta mère, non ? Ils ne se parlaient plus beaucoup, je crois.

— Beaucoup de ragots ont circulé là-dessus. Ils se

méfiaient de leur gendre et ne croyaient pas à la folle passion qui avait entraîné leur fille aux antipodes. Finalement, la suite leur a donné raison.

— Ah bon ?

— Il l'a trompée, non ?

— Ils ont tout de même vécu ensemble très longtemps.

— Cela n'efface pas la peine qu'il lui a infligée.

— S'ils n'avaient pas coupé les ponts, leur fille ne se serait pas sentie aussi isolée et...

— Tu parles comme Rose.

— Tu n'es pas d'accord ?

— Je ne sais pas quoi penser. En tout cas, ils ont eu des regrets. À la fin de sa vie, mon grand-père a demandé à ma grand-mère de tout arranger.

— C'est-à-dire ?

— De rétablir les relations. Je serais très heureuse que ma grand-mère et mes sœurs se réconcilient.

— Oui, c'est très souhaitable... Mais si tu accordes une deuxième chance à ta grand-mère, pourquoi pas à ton père ?

Pour toute réponse elle le foudroya du regard.

— Songes-y, Eve. Comment ont réagi tes sœurs en apprenant la vérité ?

— Elles aimaient mon père. Elles l'aiment toujours. Mais ce n'est pas pareil.

— Pourquoi ?

Elle s'absorba dans ses pensées.

— Eve ?

— Elles ont un point de vue différent et sont convaincues que je me rangerais à leur côté si...

Elle s'interrompit en songeant au carnet à la couverture

de cuir sur sa table de chevet. Rose l'y avait posé pour l'inciter à l'ouvrir...

— Si... ?

— Si je lisais le journal intime de ma mère.

— Elle tenait un journal ?

— Son médecin le lui avait conseillé quand elle était malade. Elle a souffert de dépression post-partum après la naissance de Tilly. L'écriture constituait une forme de thérapie, je suppose.

— Tes sœurs l'ont lu, mais pas toi ?

Elle frissonna.

— Cela me paraît très intrusif. Et terriblement indiscret.

— C'était ta mère.

— Je sais. Rose et Tilly sont persuadées qu'elle l'a laissé à notre intention. Pour nous aider à comprendre le passé.

— Cela semble raisonnable.

— Je n'ai pas le courage.

— Tu trouverais peut-être des réponses aux questions que tu te poses depuis longtemps.

— Tu es vraiment comme Rose !

— Après avoir vu ta sœur en action, je prends cela comme un compliment.

— Tu peux.

— En tout cas, pour quelqu'un qui ne jure que par Londres, tu parais tout à fait dans ton élément ici.

— C'est peut-être dans mes gènes, finalement. Toi, en revanche, je me demande comment tu peux quitter définitivement une ville comme Sydney.

— Comme toi, j'ai fui la maison dès que j'ai pu pour ne pas m'enfoncer dans la colère et la rancœur. Ma mère en aurait souffert aussi.

Eve se tourna à demi vers lui.

— Tu as parlé à ton père ?

— Non.

— Maintenant que tu le connais un peu mieux, ne serait-il pas temps de dissiper les malentendus ? Ce n'est pas un mauvais homme, même s'il a fait des erreurs. Tu vas sans doute me juger hypocrite... mais il n'avait peut-être pas conscience de te négliger...

— Cela ne change rien à ce que j'ai vécu.

— Malgré cela, tu envisages de revenir t'installer ici.

— J'en ai toujours eu l'intention. Sydney m'a offert l'opportunité de me lancer dans une belle carrière. J'ai gagné assez d'argent pour placer mes économies à un taux intéressant. Cela me permettra de lever le pied. J'aurai des loisirs et du temps libre pour fonder une famille et même continuer à aider les gens de Marni comme mon père.

Il voulait se marier. *Avoir des enfants.*

Eve mit la main sur son ventre. Le moment de vérité était venu.

— Nate, je...

Un coup de sifflet retentit. Rose agitait les bras dans leur direction.

— La pause-déjeuner est déjà finie ? demanda Nate.

Eve hocha la tête d'un air résigné. De toute façon, il valait mieux attendre une occasion plus propice pour avouer son secret.

Elle le ferait ce soir, quand elle serait seule avec lui.

Nate eut le plus grand mal à se concentrer pendant le reste de la journée.

Eve l'aimantait irrésistiblement.

Altière sur sa jument baie, elle galopait à bride abattue pour aller chercher les bêtes indisciplinées et les ramener dans le troupeau.

Les paroles qu'il avait prononcées ce matin-là émergèrent à sa mémoire. *Je ne suis pas très patient. Surtout quand j'ai hâte de revoir une jolie femme.*

Il n'avait pas pu se retenir, au risque de lui déplaire. Elle l'avait tout de suite snobé, comme chaque fois qu'il évoquait, même à mots couverts, la passion qui les avait emportés le temps d'une nuit. Elle se fermait aussitôt.

En fait, elle avait peur. Persuadée que rien ne durait jamais, elle n'avait pas confiance.

Il était sûr du contraire.

Il éprouvait une attirance irrésistible, en même temps qu'une admiration sincère. Elle se dédiait totalement à la cause de Garrison Downs et de ses sœurs, preuve d'une grandeur d'âme exceptionnelle.

Comment lui exprimer son désir et son enthousiasme sans la faire fuir ?

Tandis qu'il l'observait, elle ralentit brusquement son allure en s'essuyant le front d'un geste las. La fatigue la gagnait.

Cela n'avait rien d'étonnant, si elle se démenait ainsi depuis un mois. Elle n'avait pas l'habitude. Indécis, il hésita à quitter son poste. L'équipe n'était pas suffisamment nombreuse. Il resta donc à sa place, mais les yeux littéralement rivés sur elle. Si elle tombait de cheval, elle risquait d'être piétinée.

La transpiration ruisselait dans son dos. Heureusement, le ranch apparut à l'horizon. Ils se rapprochaient de l'enclos.

Quelques minutes plus tard, Rose ouvrit la barrière.

— Vous avez fait du beau travail ! lança-t-elle à la cantonade. Allez tous vous reposer. À demain.

Elle s'adressa à Nate.

— Donnez les rênes à Kylie, elle s'occupera de Mercury. Merci infiniment pour votre aide.

— Je vous en prie.

Eve arrivait, les épaules voûtées, la tête ballottante.

Il se précipita.

— Eve ?

Livide, elle tomba littéralement dans ses bras tandis que Rose, alertée, accourait avec une expression affolée.

— Evie ?

— Tout va bien, tout va bien, répéta Nate doucement.

— Que s'est-il passé ? questionna Rose, effarée.

« Aaron ! Occupe-toi des chevaux. Eve a un malaise.

Elle conduisit Nate vers la maison en appelant Lindy.

— Vite, des glaçons et un verre d'eau fraîche. Et quelque chose à manger.

— Ce n'est pas la peine, murmura Eve faiblement. Je n'ai pas faim.

— Ce matin déjà, tu n'allais pas bien, dit sa sœur. Tu as sûrement attrapé ce maudit virus. J'aurais dû te laisser à la maison.

— Ne t'inquiète pas, ce n'est pas ta faute.

— Suivez-moi, commanda Rose à Nate, en traversant le hall.

Il porta Eve jusque dans sa chambre, où il la déposa doucement sur son lit. Pendant que Rose lui enlevait ses bottes, il lui tâta anxieusement le front. Les yeux dans le vague, elle esquissa un sourire.

— Mon héros.

Il n'eut pas le temps de savourer le compliment. Elle battit des cils en renversant la tête sur l'oreiller et il lui tapota les joues.

— *Eve ?* Reste avec moi. Ne ferme pas les yeux.

— Tout va bien. Je suis juste... très fatiguée.

Lindy arriva avec un plateau.

— Aaron vous réclame, Rose. C'est urgent.

— Maintenant ? Je...

Nate la rassura.

— Ne vous inquiétez pas, Rose. Je veille sur votre sœur.

Rose fronça les sourcils en l'observant intensément, puis hocha brièvement la tête.

— Je reviens le plus vite possible.

Nate posa une poche de glace sur le front d'Eve et lui tamponna les tempes avec une serviette.

— Ne te sens pas obligé... protesta-t-elle.

— Cela me fait plaisir de m'occuper de toi.

Lindy versa de l'eau dans un verre, posa la carafe sur la table de chevet et s'éclipsa discrètement.

— Tu peux partir, maintenant, dit Eve.

— Toujours pressée de te débarrasser de moi ! Un vrai héros ne s'en va pas aussi vite.

Elle grimaça un petit rire.

— J'ai très mal à la tête.

Il jeta un regard circulaire, se dirigea vers la salle de bains et revint avec une plaquette de paracétamol.

— Je me suis tournée en ridicule, marmonna-t-elle en se redressant.

— Tu es exténuée.

Elle avala un cachet avec une gorgée d'eau.

— Je voulais te montrer que nous étions à la hauteur… C'est complètement raté.

— Pas du tout. J'ai été épaté de voir les sœurs Waverly en pleine action.

Un mélange de surprise, de doute et de gratitude embua les yeux bleus d'Eve. Ému, Nate détourna le regard et aperçut le carnet relié de cuir, avec les initiales RW.

— Le journal intime de ta mère ?

— Oui. Rose l'a mis là exprès.

— Elle ne sait pas encore combien tu es têtue ?

Il réfléchit un instant.

— Plaisanterie à part, Eve, il serait temps pour nous d'affronter notre histoire avec nos parents. Toi avec ta mère, moi avec mon père.

— Tu me proposes un marché ?

— Peut-être.

Une mèche de cheveux tombait sur son front. Il l'écarta délicatement.

— Mais pas ce soir. Tu as besoin de te reposer.

Elle lui prit la main et pressa sa paume contre sa joue.

— Merci.

— Pour quoi ?

Elle s'humecta les lèvres mais ne répondit rien. Dans le silence, on n'entendait que leurs respirations. La chambre rose baignait dans une lumière très douce. Nate avait l'impression étrange d'être exactement à sa place à côté de cette femme.

Pourtant, elle ne lui était pas destinée. Mariée à son travail, comme son propre père, elle n'avait aucune intention de fonder une famille.

D'où lui venait la conviction qu'elle était faite pour lui ?

— Comment va la malade ?

Il sursauta quand Rose entra.

— Désolée, je ne voulais pas vous faire peur.

À quoi rêvait-il ? Il ne fallait pas se perdre dans des fantasmes chimériques.

— J'ai demandé à Lindy de vous préparer une chambre d'amis, annonça Rose. Il est trop tard pour rentrer à Marni. Et nous vous devons bien l'hospitalité pour vous remercier d'avoir sauvé Bambi.

Il haussa un sourcil interrogateur.

— Bambi ?

— *Rose*, protesta Eve.

— Je n'ai pas pu résister, petite sœur.

Eve émit un grognement.

— Elle vous expliquera demain la raison de ce surnom, intervint Rose. Allez-y, je prends la relève.

Il se leva à contrecœur et rapporta la plaquette de cachets à la salle de bains. En soulevant le couvercle de la poubelle, il découvrit un petit tas de tests de grossesse. Stupéfait, il se pencha. Tous indiquaient le même résultat.

Positif.

Eve était... *enceinte* ?

Hébété, il se tourna vers la porte et croisa son regard paniqué. Il avait encore le pied sur la pédale...

Il comprit tout en un éclair. Ce bébé était le sien.

Aux prises avec une vive émotion, il revint en arrière.

— Merci pour l'invitation, Rose.

Puis il s'adressa à sa sœur.

— Eve, nous parlerons demain.

Il était hors de question qu'elle retourne à Londres avec

leur enfant. Après l'enfance qu'il avait vécue, il ne deviendrait pas à son tour un père absent.

Les sœurs Waverly n'avaient peut-être pas besoin de maris pour gérer l'exploitation. Mais la mère de son enfant serait bien obligée de l'épouser.

8

— Nate !

Eve se redressa en sursaut, le cœur battant à tout rompre. Elle avait rêvé de lui.

— Ah, bien, tu es réveillée.

Le son de sa voix, loin de la calmer, l'affola davantage. Lindy avait lavé et repassé ses vêtements. Il était rasé de frais et coiffé impeccablement.

— Tu as l'air… frais et dispos, murmura-t-elle en esquissant un sourire.

Il s'approcha et lui toucha le front.

— Comment te sens-tu ?

— Beaucoup mieux, prononça-t-elle péniblement.

L'expression pensive et renfrognée de Nate la mettait très mal à l'aise. Il était inquiet. Choqué. Par sa faute. Parce qu'elle avait failli s'évanouir la veille, et à cause de ce qu'il avait découvert dans la salle de bains.

— Où est Rose ?

Elle ne reconnaissait pas sa propre voix.

— Tu t'es rendormie. Elle est partie un peu après l'arrivée du médecin.

— Quel médecin ?

— Il est venu de Marni en hélicoptère. Rose a attendu d'être complètement rassurée pour s'en aller.

— Oh ! mon Dieu ! Elle est au courant ?

— Non. Je me suis douté qu'elle ne savait rien.

Un mélange de culpabilité et de panique envahit Eve. Rose n'avait pas besoin de ce souci supplémentaire et Nate avait appris la nouvelle de la pire façon. Il ne lui pardonnerait jamais.

Son attitude froide et distante l'effrayait. C'en était fini de leur connivence. Il s'était pourtant occupé d'elle très gentiment, avec beaucoup de tendresse... Elle s'était sentie en sécurité, invincible. Mais plus maintenant.

Il se posta devant la fenêtre, de dos.

— Je suis désolée.

Il ne broncha pas. L'avait-il seulement entendue ?

— Je regrette vraiment que tu l'aies appris de cette manière.

Il se tourna de profil, les yeux baissés, les mâchoires contractées.

— Depuis quand savais-tu ?

Elle serra les dents. Cela ne se passait pas du tout comme elle espérait. Elle avait besoin de chaleur, d'empathie...

— J'avais des doutes depuis deux jours.

— Pourquoi ne m'as-tu rien dit quand nous nous sommes croisés en ville ?

— Parce que je n'étais pas sûre.

— Tu étais allée à la pharmacie pour cela ?

— Oui. J'ai acheté toutes les marques de tests. Je les ai faits hier matin.

Elle rejeta les couvertures pour se lever.

— Tu restes au lit ! protesta-t-il en se précipitant.

— Je suis enceinte, Nate ! Pas malade.

Ils se figèrent en même temps. Nate se ressaisit le premier.

— Attends. Le médecin n'a pas terminé son examen.

Elle poussa un soupir exaspéré.

— Tu as perdu connaissance plusieurs fois, Eve.

— J'avais juste besoin de dormir et de manger. Je me sens très bien.

Ce n'était pas tout à fait vrai, mais elle refusait de s'apitoyer sur son sort.

Il jura violemment.

— Tu aurais dû me le dire tout de suite ! Je ne t'aurais jamais...

— Quoi ? Tu m'aurais empêchée de monter à cheval ? Tu n'as pas d'ordres à me donner.

— Il ne s'agit pas seulement de toi, Eve, mais de notre bébé !

— Ne me parle pas sur ce ton ! Je ne suis pas complètement inconsciente. Je serai une bonne mère.

— Je n'en doute pas. Il faut que nous discutions, Eve. Et pas seulement du suivi de ta grossesse.

Le changement de ton la mit instantanément sur ses gardes.

— De quoi veux-tu parler ?

— De nous.

— *Nous* ?

— Oui.

Elle fronça les sourcils.

— Je ne suis pas sûre de te suivre...

— Tu clames haut et fort que l'amour est une illusion dont tu ne veux pas t'encombrer, ni maintenant ni jamais.

— Oui, chuchota-t-elle malgré une petite voix intérieure

qui la traitait d'idiote et de menteuse. Mais j'aimerai notre enfant de tout mon cœur.

— Je sais.

— Que veux-tu de plus ?

— Épouse-moi, Eve.

Le souffle lui manqua.

— *Quoi ?*

— Écoute-moi jusqu'au bout, d'accord ?

Elle le fixa d'un air hébété.

— Je refuse d'être comme mon père, absent, lointain. Je n'aurai pas un enfant en me demandant quand je le reverrai, quand je pourrai lui témoigner mon affection. Je n'ai jamais manqué de rien matériellement, mais émotionnellement…

Il se tut, la gorge nouée.

— C'est juste impensable, pour moi.

— De là à envisager le *mariag*e !

— Je veux être là tous les jours, pas seulement le week-end ou en fonction de nos emplois du temps. Je veux vivre avec mon enfant et ma femme.

— Mais Nate…

Elle tremblait.

— Tu n'es pas sérieux.

— Si. Tu as besoin d'un mari pour satisfaire aux conditions du testament et je refuse de laisser un autre homme s'occuper de mon enfant. Je veux que tu te maries avec moi. Je te le *demande*.

— Tu ne sais pas ce que tu dis.

— Si. Parfaitement.

— Mais tu rêves d'amour, Nate. Et tu le mérites.

— Je mérite de voir mon enfant grandir au quotidien.

Le cœur d'Eve battait la chamade.

— J'ai conscience que tu ne veux pas entendre parler d'amour, Eve, et je respecte ta position, à condition que tu respectes mon exigence.

Elle scruta attentivement le visage de l'homme qui lui était devenu si cher...

— Mais où vivrons-nous ? Y as-tu seulement pensé ? Ma vie est à Londres, avec mon travail, Gran... Elle ne supporterait pas que je la quitte comme maman autrefois.

— Ce ne sera pas nécessaire. Nous emménagerons à Londres.

— Tu viendrais avec moi ?

— N'importe où pour être avec mon enfant.

— Même Londres ?

Il hocha la tête.

— C'est la meilleure solution. Pour tout le monde. Tu auras la conscience tranquille puisque l'héritage sera préservé.

— Et toi, que feras-tu ?

— Je peux exercer mon métier n'importe où.

— Tu voulais poursuivre l'œuvre de ton père ?

— Londres ne doit pas manquer de nécessiteux.

— Et tes rêves de vie paisible ?

— Nous trouverons une banlieue calme, avec des parcs et de la verdure, où nous serons heureux tous les deux.

Quelque chose en elle s'insurgeait vigoureusement contre ce projet déraisonnable.

— Tu n'es pas obligée de te décider tout de suite. De toute façon, je vais rester quelques jours pour aider Rose qui manque de personnel.

— C'est à moi de le faire.

— Pas pour le moment. Attendons l'avis du médecin. Je vais le chercher, maintenant que tu es réveillée.

Sans voix, elle cilla des paupières. Comment en était-elle arrivée là ?

Elle ouvrit la bouche, mais aucun son n'en sortit. Elle avait juste envie de se blottir au creux des bras de Nate pour revivre une merveilleuse nuit d'amour.

Cela se reproduirait-il jamais ?

— Eve ? lança-t-il depuis le seuil.

— Oui ?

— Je vais t'épouser.

9

On était vendredi soir.

Cela faisait cinq jours qu'elle avait dit oui à Nate, et six qu'il vivait sous le même toit, pour aider au ranch pendant la grosse saison. Penny, son assistante, était passée à son hôtel pour lui apporter des vêtements de rechange. Il était comme chez lui.

Et personne ne savait encore rien. Ni pour les fiançailles, ni pour la grossesse.

À part Nate et le médecin, bien sûr.

Pour l'instant, Eve préférait préserver la tranquillité d'esprit de sa sœur… En réalité, elle avait beaucoup de mal à se rendre à la réalité.

Elle se sentait coincée. Pas par Nate, mais par la situation. Cela avait commencé par cette invraisemblable histoire d'héritage. Et maintenant, le bébé l'obligeait à prendre des décisions qui la dépassaient. Car il fallait bien lui assurer une vie pleine d'affection et de tendresse, avec ses deux parents.

Elle avait l'impression de pénétrer dans un univers parallèle, à l'opposé de tous ses rêves et ses projets d'adulte.

De la véranda, elle vit Rose arriver avec Nate et toute l'équipe. C'était la fin d'une longue semaine en même temps que le début d'une nouvelle vie, car Nate l'emmenait dîner chez ses parents pour leur annoncer la nouvelle. Elle parlerait à Rose avant de partir.

Nate riait et plaisantait avec Rose comme s'il la connaissait depuis toujours. Eve eut un pincement au cœur et un sourire flotta sur ses lèvres.

— Tu as bonne mine, aujourd'hui, dit Rose en se débarrassant de son chapeau. Cela fait plaisir.

— Merci.

Eve chercha l'approbation de Nate. Elle avait choisi une robe midi, boutonnée sur le devant, bleue avec des petites fleurs roses, féminine et délicate. Elle s'était aussi parfumée et maquillée légèrement.

— C'est vrai, acquiesça-t-il gentiment. Mes parents vont t'adorer.

— Tes parents ? répéta Rose en fronçant les sourcils.

— Nate m'emmène dîner chez eux, expliqua Eve.

— Ah bon ?

— Oui...

Nate s'esquiva discrètement.

— Je vais me doucher.

Rose se planta devant sa sœur, les mains sur les hanches.

— Je me pose des questions sur cet homme qui est aux petits soins avec toi et s'installe carrément dans ta vie.

Eve tapota les coussins de la balancelle.

— Viens t'asseoir à côté de moi.

Rose obtempéra.

— Je ne m'approche pas trop pour ne pas salir ta jolie robe...

« Alors, qu'y a-t-il entre vous ?

Eve inspira profondément en appuyant les deux paumes sur ses genoux.

— Nous allons nous marier.

— *Pardon ?*

— Ne crie pas, s'il te plaît.

— Mais... Vous vous connaissez depuis un mois à peine ! Comment... ? C'est à cause du testament ?

Eve secoua la tête.

— Waouh.

Rose tira nerveusement sur sa queue-de-cheval.

— Je me doutais qu'il y avait quelque chose. Mais... De là à vous marier ! Si vite !

— En fait, nous nous connaissons mieux que tu ne penses.

Sa sœur lui jeta un regard perplexe.

— Nous... Enfin, je...

— Oui ?

Eve réprima une nausée.

— Je suis enceinte.

— *Quoi ?*

Eve sursauta violemment. Cette fois-ci, Rose s'excusa et baissa le ton.

— Désolée, c'est le choc. Raconte-moi. Je n'y comprends rien. Tu es revenue tellement furieuse de votre première entrevue.

— En fait, nous nous étions déjà rencontrés...

— Ah bon !

Eve se gratta la gorge.

— La nuit de mon arrivée. À Marni... Le courant est bien passé entre nous.

— Eh bien ! Je n'en reviens pas.

— Comme si je ne pouvais pas échapper à la fatalité...

— Papa serait content !

Eve hocha la tête avec un sourire désabusé.

— Certaines connexions mystérieuses ne s'expliquent pas, Rose. Nous ignorions tout l'un de l'autre et pourtant... L'alchimie était là. Nous n'avons pas résisté.

« Nous avons passé une folle nuit...

Rose leva la main avec un rire gêné.

— Je ne veux pas savoir.

— Je n'ai jamais vécu cela.

— Moi non plus. Mais dans la famille...

— Non, Rose. S'il te plaît. Le coup de foudre de nos parents a détruit maman.

— Je pensais à Tilly. Mais maman aussi, oui. Mais cela ne l'a pas détruite, Eve, contrairement à ce que tu crois.

— Papa l'a pourtant trompée au moment où elle avait le plus besoin de lui.

Eve ne pouvait pas s'empêcher de comparer Nate à son père.

— Personne n'est parfait, Evie. Ni toi, ni moi non plus. Si tu persistes à mettre les gens sur un piédestal comme tu as fait avec papa, tu seras toujours déçue. Tout sera plus facile pour toi le jour où tu accepteras que tout le monde puisse faire fausse route et apprendre de ses erreurs.

Si ses parents s'étaient vraiment aimés envers et contre tout, elle avait eu tort de couper les ponts. Elle s'était rendue malheureuse pour rien en sacrifiant toutes ces années.

Rose la prit dans ses bras.

— Lis le journal de maman, Evie. Offre-toi la possibilité de faire la paix intérieurement.

Eve se dégagea, mais Rose garda une de ses mains dans les siennes.

— Pour moi, le hasard n'existe pas. Ce qui s'est passé entre maman et papa, ce qui t'arrive maintenant… Tout a un sens. J'ai vu comment Nate s'inquiétait pour toi, comment il t'a entourée de ses soins. J'ai entièrement confiance. Tu seras heureuse avec lui.

Eve avait envie de la croire, de tout son cœur.

Il y a peu, elle aurait accordé foi à ces paroles. Une connexion profonde s'était établie entre elle et Nate. Ils se comprenaient parfaitement. Depuis une semaine, tout avait changé. Nate était devenu distant, lointain, et ne souriait plus. Il s'enquérait de sa santé, mais uniquement parce qu'elle portait son enfant. C'était intéressé.

— Tu es prête, Eve ?

Debout sur le seuil, les cheveux encore humides, il avait remonté les manches de sa chemise blanche et paraissait tellement tendu qu'elle faillit se mettre à pleurer.

Les hormones exacerbaient sa sensibilité.

Elle se leva avec un hochement de tête et Rose lui serra affectueusement le bras.

— Prenez soin d'elle, Nate, dit Rose.

— Bien sûr.

— Comment a-t-elle réagi ? demanda Nate dans la voiture quand le silence devint insupportable.

— Elle a été choquée.

Cela n'avait rien de surprenant. Lui-même ne s'était pas encore remis.

— Malgré tout…

Elle se tut et il glissa un regard dans sa direction.

Son beau cygne blanc avait changé, ces derniers jours. Eve devenait plus réservée, sur ses gardes. Il n'arrivait pas à la dérider et la rassurer. Pourtant, il s'appliquait à ne pas se montrer trop expansif. Il se contrôlait constamment.

Il aurait peut-être dû lui laisser plus de temps pour réfléchir.

Au risque qu'elle change d'avis ?

— Malgré tout ? répéta-t-il pour relancer la conversation.

— Elle croit que rien n'arrive sans raison.

Il fronça les sourcils.

— Elle est OK, alors ?

— Dans le cas contraire, tu le saurais déjà. Elle a son franc-parler.

— C'est vrai, répondit-il avec un rire forcé. Elle veille sur toi comme sur la prunelle de ses yeux.

— Je ne mérite pas tant d'attention, marmonna-t-elle à mi-voix.

— Pourquoi dis-tu cela ?

Elle s'agita nerveusement sur son siège.

— Je l'ai abandonnée. Je n'étais pas là quand maman est morte. Pareil pour papa. Une gentille sœur serait venue la réconforter.

— Tu portais un lourd secret dont tu voulais la protéger. Tu n'as rien à te reprocher.

— Si, j'aurais dû tout lui raconter.

— On ne peut pas revenir sur le passé. Tes motivations étaient pures, même si tu as des regrets maintenant.

Il serra les doigts sur le volant.

— Tu es rentrée pour faire pénitence ?

Elle ne répondit pas.

Il aurait dû s'arrêter pour parler tranquillement. Mais il craignait de se laisser entraîner par un désir qu'il réprimait trop sévèrement.

Il inspira longuement.

— Tu as pris un congé et quitté ta vie londonienne pour renouer avec ta sœur. Tu as choisi d'affronter un passé douloureux pour t'occuper de problèmes familiaux. En retour, tu mérites bien l'affection de ta sœur.

Il avait la voix rauque. Des émotions profondément enfouies remontaient en lui. Cela attendrirait sa mère, mais déplairait à Eve, s'il était trop démonstratif.

— Il faut que je te parle de mes parents, reprit-il.

— Merci de changer de sujet ! Je ne les connais pas. J'ai vu ton père pour la première fois en visio pour la lecture du testament.

— Ils ont des valeurs assez… traditionnelles, surtout pour le mariage, en particulier ma mère.

— Elle rêve d'un mariage d'amour pour son fils ?

— Oui.

— Pourquoi me dis-tu cela ?

— Ce serait bien si nous faisions un peu semblant.

Contrairement à ce qu'il craignait, elle ne manifesta pas d'agacement.

— Bien sûr, répondit-elle, très calmement.

Elle mit une main sur son ventre. Elle ne se rendait pas compte combien ce geste lui était devenu familier. Lui aussi avait envie de la toucher. Il n'osait pas.

— Que leur as-tu dit ?

— Pas grand-chose. Que nous sortions ensemble et que je viendrais dîner avec toi.

— C'est tout ?

— Oui.

— OK.

Elle se détendit. Au même moment, Nate franchit le

portail en bois blanc et s'engagea dans l'allée bordée de massifs colorés. Des pots de fleurs égayaient les marches du perron, jusqu'à la véranda entourée d'une jolie balustrade.

— On dirait une maison de conte de fées ! s'écria Eve, émerveillée. C'est ici que tu as grandi ?

— Oui. Ma mère est une incorrigible romantique et mon père l'a fait construire pour elle.

— Mes parents ont vécu la même chose, observa-t-elle tristement. Et tu es prêt à t'exiler pour reproduire le même schéma, m'offrir une maison en Angleterre.

— Quoi de plus normal ? Tu es attachée à Londres, à ton travail, ta grand-mère...

Il marqua une pause.

— Je comprends tes appréhensions. Ta mère s'est déracinée pour suivre ton père en Australie et cela a sans doute joué un rôle dans sa dépression.

Il lui caressa la joue, comme pour chasser sa peine et lui redonner un peu de la gaieté qu'elle avait perdue.

— Sachant tout cela, en toute conscience, je ne pourrais jamais exiger la même chose de toi. Tu es revenue pour aider tes sœurs. Nous partirons dès que la situation sera éclaircie.

— Mais...

La mère de Nate apparut sur le seuil en agitant joyeusement la main.

— Tout ce que je te demande, c'est de revenir régulièrement leur rendre visite.

— Tu es sûr ? chuchota-t-elle. Nous devrions peut-être réfléchir encore...

— Nous allons concrétiser les rêves de ma mère. Ne remettons pas tout en question.

Sinon, tout s'écroulerait. Cela le terrifiait.

Eve fut accueillie dans la demeure des Harrington avec beaucoup d'égards et d'affection, pas du tout comme une étrangère.

George mit un point d'honneur à remarquer qu'il avait l'impression de la connaître depuis longtemps parce que Holt parlait d'elle très souvent. Sue-Ellen couva des yeux Eve et son fils avec adoration.

Ils discutèrent de ses sœurs, du ranch, des travaux de la saison. George était fier que son fils ait proposé son aide pour pallier le manque de personnel.

— Je ne sais pas comment nous aurions fait sans lui, observa Eve.

— Tu leur as rendu un fier service, opina George.

Nate prit la main d'Eve et l'interrogea du regard. Elle hocha la tête nerveusement. Elle était prête.

— C'était bien naturel, répliqua Nate. Pour ma belle-famille.

Waouh. C'était dit. Sa mère resta bouche bée et son père faillit s'étrangler.

— Tu nous annonces... ?

— Oui, maman, dit-il. J'ai demandé Eve en mariage. Et elle a dit oui.

George se gratta la gorge.

— Mais... Vous vous connaissez depuis à peine un mois. Comment... ?

— C'est largement suffisant, papa, rétorqua Nate avec raideur.

Son père lui jeta un regard soupçonneux par-dessus ses lunettes.

— C'est à cause du testament ?

— Allons, George, intervint Sue-Ellen. Notre fils nous annonce une bonne nouvelle. Tu ne vas pas...

— Je pensais que tu serais content, coupa Nate. Après tout, Holt était un de tes meilleurs amis.

— Cela ne répond pas à ma question.

— Je connais mieux Eve au bout d'un mois que toi après tant d'années. Ce sera une joie de fonder un vrai foyer avec elle.

Son père pâlit, sa mère poussa un gémissement et l'air se figea. Sa déclaration recelait tant d'animosité et de souffrance... C'était plus qu'Eve ne pouvait en supporter.

— Nate... commença Sue-Ellen. Ne...

— Laisse-le parler, intervint George. S'il a des reproches à me faire, qu'il le fasse.

Nate jeta un regard tourmenté à Eve qui lui pressa la main de nouveau.

— Je vais aider ta mère à la cuisine pendant que vous parlez tous les deux.

— J'ai une meilleure idée, dit Sue-Ellen. Venez avec moi dans la véranda, Evelyn. Je gardais une bouteille de champagne pour une grande occasion. Je vais l'ouvrir en votre honneur.

Eve chercha l'approbation de Nate. Il hocha la tête.

— C'est très gentil, répondit-elle. Mais un verre d'eau gazeuse m'ira très bien.

Elle espérait très sincèrement que Nate garderait les formes. Et que les relations entre les deux hommes s'apaiseraient.

Nate, qui ruminait sa rancœur depuis très longtemps, parvint à formuler ses griefs avec un calme tout à son honneur. Il répéta tout ce qu'il avait expliqué à Eve, insista sur le manque d'esprit de famille et évoqua même ses tatouages.

George l'écouta jusqu'au bout, lèvres closes, sans l'interrompre.

À la fin, il se pencha vers lui.

— Que de récriminations à mon égard...

La mine grave, il passa une main lasse sur ses cheveux grisonnants.

— Je suis désolé, mon fils. Je t'ai élevé comme je l'ai été moi-même, et comme mon père l'avait été par mon grand-père. Nous ramenions l'argent à la maison en nous consacrant entièrement à notre travail. Je n'ai jamais remis ce rôle en question. Je ne savais pas me comporter différemment. Je n'ai pas compris que tu manquais d'affection.

« J'ai mal interprété ta rébellion. Je pensais que tu t'ennuyais dans notre petite ville, que tu trouvais notre milieu médiocre, étriqué...

— Quand j'étais un fils et un élève modèle, tu ne me voyais pas... J'ai fait les quatre cents coups pour attirer ton attention.

— Cela n'a pas été très efficace. Tu as plutôt obtenu l'effet inverse.

Nate soupira.

— Je regrette. Mon intention a toujours été de revenir pour mener de front une brillante carrière et une vie de famille. J'avais envie d'exhiber ma réussite devant toi.

— C'est un accomplissement, d'épouser une Waverly ?

— Je ne l'épouse pas pour son nom ou son rang social, ni à cause des volontés posthumes de son père. Eve me plaît, papa.

Il se tut un instant.

— Si je t'avais mieux connu, si j'avais su tout le bien que tu répandais autour de toi, je t'aurais vu sous un angle différent.

— Et toi, si tu t'étais confié plus tôt, j'aurais essayé d'être un meilleur père en passant plus de temps à la maison.

— Maman te le réclamait, pourtant. Vainement.

— Oui. Mais elle approuvait ce que je faisais.

— Même si cela ne suffisait pas à son bonheur ? Elle t'aurait aimé plus présent, je pense.

— Oui, mon fils. J'essaye de me rattraper. Pour elle, et aussi pour toi, si ce n'est pas trop tard.

— Trop tard pour quoi ?

— Avoir de bonnes relations.

— Il n'est jamais trop tard, papa.

Un sourire flotta sur les lèvres de George Harrington.

— Ce mariage, tu le désires vraiment ? demanda-t-il, les yeux humides.

— Plus que tout, papa.

— Nous pourrions organiser une réception pour fêter vos fiançailles ?

Eve tendait l'oreille pour essayer d'avoir des échos de la conversation à l'intérieur de la maison. Elle ne réagit pas tout de suite.

— Une réception ? bredouilla-t-elle.

— Oui. George et moi n'avons pas beaucoup de vie sociale. Un peu par ma faute. Je ne suis pas toujours très à l'aise, et George est si populaire... J'ai peur de l'embarrasser.

« Je me fais sûrement des idées ! En tout cas, vos fiançailles seraient une merveilleuse occasion de rassembler quelques amis.

— Qu'est-ce que j'entends ? Attendez-nous pour fixer une date, tout de même !

La voix de George surprit les deux femmes. Eve se leva nerveusement pour prendre le bras de Nate en cherchant son regard.

— Ne vous inquiétez pas, Evelyn. Mon fils et moi avons fait la paix. Ou presque, n'est-ce pas, Nate ?

— Oui, renchérit ce dernier en prenant Eve par la taille.

— Oh ! s'exclama Sue-Ellen, au bord des larmes. Comme je suis contente !

— Tu veux fêter nos fiançailles, maman ?

— C'est une excellente idée, intervint George.

— Eve préférerait peut-être attendre un peu, risqua Nate prudemment.

— Non, dit Eve. De toute façon, il faudra bien annoncer la nouvelle officiellement. Pourquoi ne pas organiser une soirée au ranch ? Rose sera ravie de lancer des invitations.

— Je vous aiderai, dit Sue-Ellen.

— Vendredi prochain ? proposa George.

— Ce n'est pas un peu trop tôt pour toi, papa ? Tu es encore fatigué.

— Ne t'inquiète pas pour moi. Je me porte comme un charme.

— Ils n'ont pas fini de rassembler le bétail...

— Tes parents ont raison, Nate. Ne tardons pas trop. D'autant que nous voulons nous marier assez vite.

— Parfait, alors ! conclut George.

« Au fait, il n'était pas question d'un dessert ?

— Pas pour toi, le taquina Sue-Ellen. Tu es au régime.

— Je vais faire une petite entorse aujourd'hui.

Elle leva les yeux au ciel avant de s'éclipser joyeusement dans la cuisine.

Il était très tard lorsque Nate et Eve firent leurs adieux. Sue-Ellen avait insisté pour les garder à dormir dans l'ancienne chambre de Nate, mais il avait refusé.

Curieusement dépitée, Eve avait envie de continuer leur mise en scène de couple amoureux. Dès qu'ils montèrent en voiture, elle l'attrapa par le cou.

— Embrasse-moi.

— Comment ?

— Ta mère nous regarde par la fenêtre, prétexta-t-elle avec un sourire malicieux.

Il ne résista pas et se laissa faire. Puis, il l'enlaça pour la serrer très fort. Le cœur d'Eve battait contre le sien avec des coups précipités. S'ils n'avaient pas risqué d'attirer l'attention de M. et Mme Harrington, elle aurait volontiers prolongé cet instant d'égarement.

Mais Nate se ressaisit, alluma le moteur et enclencha la marche arrière.

Eve se renfonça dans son siège en s'absorbant dans ses pensées. Parfois, de folles espérances l'étreignaient, mais elle les refoulait.

Le ronronnement du moteur la berça. Elle somnolait quand ils arrivèrent.

Nate la secoua doucement.

— Bonne nuit. Je t'appellerai demain matin.

— Tu... Tu ne restes pas ?

— J'ai déjà abusé de l'hospitalité de Rose.

— Pas du tout. Elle a été bien contente d'avoir de l'aide.

— Attends de voir comment elle réagit quand tu lui annonceras la fête de fiançailles.

— Ta mère et moi nous occuperons de tout. Pas de problème.

Il rit doucement en voyant son regard suppliant.

— Ce ne serait pas une bonne idée.

— Pourquoi ?

— Je veux être sur place demain matin. J'ai du travail.

— Un samedi ?

— Plusieurs dossiers en retard… En plus, papa veut me voir. Il essaye de rattraper le temps perdu.

— Tant mieux… Tu reviens quand ?

— Au plus tard vendredi.

— Dans une semaine ?

— Je vais te manquer ?

Elle choisit de répondre par une pirouette.

— Dans tes rêves !

« En tout cas, garde la camionnette. Ne rentre pas à moto. C'est trop dangereux la nuit.

— Tu tiens à moi, alors !

Plus qu'elle ne voulait l'admettre…

Elle partit sans se retourner, fièrement.

Rose l'attendait, River sur les talons. Eve s'efforça de lui sourire, mais son expression fermée la trahit.

— Qu'y a-t-il, Evie ?

Sa sœur lui ouvrit les bras et elle s'effondra littéralement.

Rose la consola comme elle put, sans poser de questions, en lui caressant affectueusement les cheveux. Puis elle la mit au lit et lui tint compagnie jusqu'à ce qu'elle s'endorme.

10

— Ton père et moi sommes tellement fiers de toi !

Les yeux brillants, la mère de Nate resserrait son nœud de cravate pour la troisième fois.

— Laisse-le maintenant, Sue-Ellen, intervint George.

Il embrassa sa femme sur la joue et se tourna vers son fils.

— Tu peux venir avec moi un instant ?

Nate le suivit dans son bureau d'un air intrigué. Là, George ouvrit un tiroir et en sortit un écrin noir.

— J'ai quelque chose pour toi... ou plutôt pour Evelyn.

Les mains dans les poches, Nate attendit la suite.

— Elle se transmet de génération en génération dans notre famille... Ta grand-mère la portait encore quand j'ai épousé ta mère. Elle me l'a donnée avant de mourir. Le moment est venu pour moi de te l'offrir.

« J'espère qu'elle plaira à Evelyn.

Nate souleva lentement le couvercle. Un diamant ovale étincelait à l'intérieur.

Il se gratta la gorge.

— Elle est magnifique.

— Elle revient de droit à celle qui a conquis ton cœur.

Conquis son cœur...

Nate pâlit malgré lui.

— Ne sois pas si inquiet, mon fils. Le plus dur est fait, puisqu'elle a dit oui.

Il serra Nate dans ses bras, chose qui n'était pas arrivée depuis sa tendre enfance.

— Je ne te l'ai pas assez dit, mais je t'aime. Et je suis fier de toi.

— Moi aussi, je t'aime, papa.

C'était vrai. Sinon, il n'aurait pas autant souffert.

Sa mère parut sur le seuil et George s'écarta en toussotant pour cacher son émotion.

— La voiture est là, annonça-t-elle.

— Allons-y, dit George d'une voix altérée.

Nate hocha la tête en l'observant à la dérobée. Si cet homme d'apparence aussi rude, totalement dédié à son travail, se métamorphosait à ce point, ne pouvait-il pas en être de même pour Eve ? Se laisserait-elle un jour gagner par l'amour ?

Il serra le coffret dans sa paume. *Ne sois pas naïf.*

Ils avaient beau fêter leurs fiançailles ce soir, il n'était pas question de sentiments.

Eve gardait la tête froide et ne se risquait pas sur ce terrain-là. Il était prévenu.

Eve était prête. Physiquement en tout cas.

Lindy, qui possédait d'innombrables talents, avait coiffé ses cheveux en un chignon de boucles sophistiqué.

Elle s'était superbement maquillée, les lèvres écarlates, les yeux charbonneux et du blush sur les pommettes.

Elle craignait d'en avoir un peu trop fait.

— Tu es splendide, Bambi.

Rose apparut sur le seuil de sa chambre, encore en salopette, mais un verre à la main.

— Pour toi ! Ne t'inquiète pas, c'est sans alcool. Goûte. Tu pourras boire comme tout le monde. Personne ne s'apercevra de rien.

— Merci, Rose.

— Comment te sens-tu ?

— Nerveuse.

— Tout se passera bien, n'aie crainte.

« Je vais vite prendre une douche et me préparer.

En partant, elle aperçut la robe d'Eve étalée sur le lit, un somptueux fourreau de soie bleue qui lui fit penser à sa mère et lui mit la larme à l'œil. Elle se retourna en tremblant.

— Maman aurait adoré...

— Rose ! Tu ne vas pas pleurer !

— Excuse-moi, je regrette tellement qu'ils ne soient pas là...

— Oui, chuchota Eve.

Rose s'esquiva en étouffant un sanglot.

Le regard d'Eve se porta sur le carnet à côté de son lit. Sans réfléchir, elle s'approcha et s'en saisit d'une main tremblante, comme si ce contact pouvait combler l'absence de sa mère. Rosamund lui manquait.

Nate avait bravé ses démons et parlé à son père. Il était temps qu'elle affronte les siens.

Elle passa le pouce sur la tranche dorée et ouvrit le journal. Ses yeux s'embuèrent à la vue de l'écriture élégante de sa mère.

La première page remontait à vingt-cinq ans...

Je prends ces notes sur les conseils de spécialistes qui pensent que cela m'aidera à aller mieux. J'écris pour renouer le contact avec mes filles et avec ma vie, pour me retrouver moi-même. Je vais consigner fidèlement les détails de mon existence afin d'y voir plus clair et répondre aux besoins de mes enfants et de ma famille. Je veux résister à l'immense lassitude qui m'écrase et m'engager sur la voie de la guérison.

Eve frissonna.

— Oh ! maman.

Elle voulait s'arrêter, mais s'obligea à poursuivre. Elle ne pouvait pas reculer indéfiniment le face-à-face avec la vérité. Il fallait en avoir le cœur net, une fois pour toutes, savoir ce qui s'était réellement passé et ne plus rester figée sur des préjugés qui l'empêchaient de vivre.

Au fil des pages, sa mère déroulait sa version des faits en se mettant à nu. Elle se sentait seule, enfermée à l'intérieur d'elle-même, incapable d'aimer Holt et ses enfants. Incapable de s'aimer soi-même. Froide et indifférente. Déconnectée de la réalité. Prisonnière de sa peur. Jusqu'à ce qu'on lui diagnostique un cancer. Le traitement avait été long et douloureux. Quand la liaison de son mari avait été révélée au grand jour, son univers s'était effondré. Mis à l'épreuve, leur amour avait chancelé. Il avait fallu ensuite beaucoup de temps et de compréhension des deux côtés pour œuvrer à la réconciliation. Holt avait quitté Lili, sa femme lui avait pardonné. Dans son beau style évocateur, Rosamund espérait que Holt se pardonne lui aussi un jour. Car ils s'aimaient profondément. La vie n'avait pas de plus beau cadeau à offrir.

Eve éclata en sanglots, le poing contre la bouche. Elle comprenait tout, enfin, avec une empathie qui l'ébranlait jusqu'au tréfonds. Pendant toutes ces années, elle avait haï son père pour rien. Dans son for intérieur, elle les avait accusés de jouer la comédie alors qu'ils étaient sincères, totalement.

C'était elle, l'hypocrite. Elle se mariait pour de mauvaises raisons, en niant une vérité qui ne demandait qu'à éclater au grand jour.

Elle regarda par la fenêtre en cherchant des yeux l'endroit où ses parents reposaient dans les collines. Poussée par un besoin impérieux, elle enfila un T-shirt et un pantalon, alla seller Jade dans l'écurie et partit au galop.

Elle ralentit seulement en approchant des flamboyants majestueux, au sommet de Prospect Hill. Leur floraison écarlate vibrait dans la lueur du couchant. Sous les frondaisons, un tapis de fleurs multicolores jonchait le sol.

Elle mit pied à terre, sortit le carnet de la sacoche et s'agenouilla devant les tombes de ses parents.

— Pardon, murmura-t-elle en serrant le journal de sa mère contre son cœur. Je vous aime et vous me manquez. J'aimerais tant que vous soyez là tous les deux pour me guider...

Le souffle du vent lui apporta mystérieusement leur réponse.

Fais confiance à ton cœur.

Elle ignorait d'où venaient ces mots, mais ils lui semblèrent tout à fait appropriés.

— Evie, où étais-tu passée ? demanda Rose en la voyant retirer ses bottes dans le débarras.

— Je suis allée sur les tombes de papa et maman.

— Ah !

Puis, Rose aperçut le carnet qu'elle avait à la main.

— Ce n'était pas vraiment le moment !

— Je sais. Mais je suis contente de l'avoir fait.

— Tant mieux. Ton absence a été remarquée et ton futur mari est très inquiet. Il se demande si tu n'as pas changé d'avis.

— Je n'en ai pas l'intention.

Plus elle y réfléchissait, moins elle avait envie de retourner à Londres et à ce travail qui ne lui convenait pas. Elle évoluait dans un univers superficiel où l'image primait sur la vérité. Elle aspirait à mieux.

Elle se sentait bien à Garrison Downs. Pourquoi repartir, finalement ?

Des idées nouvelles prenaient corps dans sa tête. Elle avait envie de rénover l'ancienne maison pour s'y installer. Avec l'accord de ses sœurs, si elles gardaient le ranch...

Elle se changea en hâte, rafraîchit son maquillage et remit de l'ordre dans sa coiffure. Puis la musique et le bruit des conversations la guidèrent vers le grand salon, où les invités l'accueillirent avec des cris de joie.

Quelques jeunes femmes, pourtant, la regardaient de haut. Betty s'approcha avec un petit sourire en coin.

— Ne vous inquiétez pas, elles sont juste jalouses. Il faudra bien qu'elles se résignent.

— À quoi ?

— À renoncer à Nate ! Depuis son retour, il est la coqueluche de la ville, surtout des jeunes filles de bonne famille qui espéraient mettre le grappin sur lui.

Nate choisit ce moment pour apparaître. Très sexy dans son costume sombre, il avait une coupe de cheveux impeccable et une barbe de trois jours bien soignée. Il s'approcha résolument et Betty s'éclipsa discrètement.

— Désolée d'être en retard, fit Eve d'un air penaud.

— C'est tout ? rétorqua-t-il en plantant le regard dans le sien. Tu n'as pas honte de ton imprudence ? Je t'ai vue à cheval, au grand galop en plus !

— Tu es en colère ?

— Évidemment !

On commençait à les regarder et elle se pencha pour parler tout bas.

— J'étais en retard. Je suis allée sur la tombe de mes parents et j'ai perdu la notion de l'heure.

Il écarquilla des yeux étonnés.

— Je voulais leur demander pardon, expliqua-t-elle.

Nate se radoucit, mais la tension demeura.

— Je suis content que tu aies fait la paix avec eux, mais tu dois faire attention. Tu n'as plus le droit de prendre des risques. Tu vas être *maman*.

— Je suis une excellente cavalière, Nate. Je monte à cheval depuis mon plus jeune âge.

— On ne sait jamais. Et si Jade avait fait un écart ? Si tu étais tombée ?

Un souvenir d'enfance émergea à la mémoire d'Eve. Un jour, son cheval avait rué à cause d'un serpent. Elle s'était cassé le bras. Nate avait raison. Dans sa hâte à le retrouver, elle s'était montrée irresponsable. Elle était tellement impatiente de s'engager avec lui enfin sur la voie du bonheur, en tournant résolument le dos aux regrets du passé.

— Je suis désolée...

La musique s'arrêta. George Harrington s'était emparé du micro et réclamait le silence.

Rose tendit un verre à sa sœur, tandis que Nate posait une main au creux de ses reins. Eve frissonna. Nate faisait semblant, comme le soir où ils avaient dîné chez ses parents. Mais elle ne jouait plus la comédie.

Elle entendit vaguement le discours de George. Les paroles de Nate résonnaient encore dans sa tête.

Tu dois faire attention. Tu n'as plus le droit de prendre des risques. Tu vas être maman.

Serait-elle une bonne mère ? Une bonne épouse ?

Elle avait conquis Nate contre son gré. Il méritait peut-être mieux...

Rose porta un toast à leur couple et elle se força à boire en souriant, alors qu'elle avait envie de prendre la fuite. À son habitude.

— À mon tour de parler, commença Nate.

Oh non, pitié. Plus de mensonges.

— Tu m'as plu au premier regard, Eve...

Elle leva sur lui des yeux suppliants. Il avait l'air sincère. Pouvait-elle vraiment y croire ?

— Une incroyable connexion s'est tout de suite établie entre nous. J'ai été séduit par ta beauté, ton intelligence, ta fougue, ton esprit...

Il lui prit la main et fouilla dans sa poche.

— Attends, attends ! s'écria Rose. Je vais faire une vidéo pour Tilly et A... pour tous ceux qui n'ont pas pu venir.

Elle avait failli dire Ana. Les deux sœurs échangèrent un regard.

— Vas-y, je suis prête ! lança Rose en brandissant son téléphone.

Très théâtral, Nate mit un genou à terre et exhiba un diamant étincelant. La gorge d'Eve se serra. Les larmes lui montèrent aux yeux.

— Eve, nous étions voués à nous rencontrer. Ce soir-là, à

Marni, alors que nous revenions vers nos familles respectives après une longue absence, nos vies ont définitivement basculé.

À cause du bébé, ils le savaient tous les deux.

Mais Eve, contre toute attente, avait aussi trouvé l'amour... Quel paradoxe pour une femme qui se défendait d'y croire !

— Cette bague de fiançailles symbolise le lien qui nous unit désormais. D'amour et de longévité.

Il passa délicatement le bijou à son doigt. Il lui allait parfaitement.

Sous les applaudissements, Nate la serra dans ses bras et l'embrassa.

— Merci, murmura-t-il à son oreille.

Elle battit des cils. Pourquoi la remerciait-il ?

L'orchestre recommença à jouer et Nate l'entraîna vers la piste de danse.

Elle avait une conscience aiguë de son corps, même si ses mains, ses bras, l'effleuraient à peine, comme s'il avait peur de la toucher.

Ne te fais pas d'illusions, Eve.

N'oublie pas pourquoi vous vous mariez.

À cause du bébé. C'est tout.

Cela ne l'empêchait pas d'être bouleversée.

Tout avait changé depuis quelques heures, depuis qu'elle s'était penchée sur le passé familial et compris la force des sentiments.

Sans amour, rien n'existait. Ni joie, ni perspective d'avenir.

Elle serait malheureuse de vivre dans le mensonge. D'ailleurs, elle souffrait déjà.

11

— Bonne nuit, mon fils.

— Bonne nuit, papa.

Nate referma la porte de la chambre d'amis et se dirigea vers le fond du couloir.

Il allait retrouver Eve et passer la nuit avec elle. Seul. Sans rien ni personne pour le distraire de son trouble.

Ils n'avaient pas dormi ensemble depuis Marni... La soirée avait mal commencé. Il était très en colère. Mais dès l'instant où Eve était apparue dans sa somptueuse robe de satin bleu, d'autres émotions l'avaient emporté.

Eve lui avait semblé très vulnérable. Cette fragilité nouvelle exacerbait son instinct protecteur.

Sa possessivité était parfaitement ridicule, car elle n'en voulait pas. À aucun prix. Telle était Eve...

Il inspira profondément et ouvrit la porte.

— Eve, je...

Il s'immobilisa brusquement.

— On ne t'a pas appris à frapper avant d'entrer ?

Nue, ou quasiment, avec juste un string en dentelle, elle croisa les bras sur ses seins.

— Tu ne t'excuses pas ? reprit-elle.

Il l'enveloppa d'un regard ardent.

— Non.

— Pardon ?

Il avança crânement, malgré sa moue boudeuse et décourageante. Il n'avait plus envie de réfléchir ou se poser des questions. Il la prit dans ses bras, étouffa son cri de protestation sur ses lèvres et la plaqua contre le mur.

— Dis-moi d'arrêter. Je t'obéirai.

— Non.

Elle enroula une jambe autour de sa cuisse et agrippa les revers de sa veste.

— Continue.

Il était partagé entre le désir qui le taraudait et le besoin d'éclaircir la situation.

— Nous avons à parler.

— Plus tard, Nate.

Il pressa une paume sur son sein qui se durcit à son contact et se pencha pour prendre la pointe entre ses lèvres. Avec un gémissement, elle enfouit les doigts dans les cheveux de sa nuque pour l'attirer plus près. Comment aurait-il résisté ?

— J'ai envie de toi, chuchota-t-elle en ondulant tout contre lui.

Il se redressa et captura ses lèvres fougueusement tandis qu'elle nouait les jambes sur ses reins.

Il la porta sur le lit, enleva sa veste, sa cravate, sa chemise. Elle s'agenouilla pour défaire la boucle de sa ceinture, déboutonna son pantalon et glissa une main dans son caleçon, en retenant son souffle.

— Doucement, ma chérie.

Il attrapa son poignet en tremblant et reprit le contrôle. Puis, il acheva de se déshabiller.

Il déposa une pluie de baisers sur son corps, en s'attardant longuement sur son ventre, avant de descendre plus bas, vers le cœur de sa féminité. Elle s'arc-bouta à la rencontre de sa bouche et du plaisir qu'il lui donnait.

— S'il te plaît, Nate, implora-t-elle.

Plongeant les yeux dans les siens, il lut tout au fond une impatience teintée de crainte, inexplicable. De quoi avait-elle peur ?

Il remonta lentement le long de son corps satiné et la pénétra en guettant ses réactions. Il avait du mal à se maîtriser. L'intensité de ses sensations l'entraînait malgré lui, beaucoup trop vite.

Elle se mordit la lèvre en étouffant une plainte et bougea les hanches, lentement d'abord, puis de plus en plus fort. Il était au bord du précipice.

— Eve !

— Nate, je ne peux plus me retenir... Nate...

Ils atteignirent ensemble le paroxysme, dans un accord parfait, étourdissant. Au plus fort du plaisir, le temps s'arrêta. Ils ne pensèrent plus à rien. Des étoiles dansaient sous leurs paupières closes.

Au bout de quelques minutes, Nate roula sur le dos.

— C'était... merveilleux.

— Inouï, renchérit Eve.

Quand elle posa une main sur son ventre, le diamant étincela à la lumière de la lampe de chevet. La bague symbolisait leur union, mais Eve, farouchement indépendante, n'appartiendrait jamais qu'à elle-même.

L'alchimie sexuelle, aussi forte soit-elle, n'y changerait rien.

Cette pensée le déprimait. Il s'assit et s'éclaircit la voix.

— Je vais me rafraîchir.

Il sentit son regard qui le suivait pendant qu'il allait à la salle de bains. Il se passa de l'eau sur le visage, mais la sensation pénible demeura. Les mains sur le lavabo, il inspecta son reflet dans la glace. Il avait vieilli de dix ans en l'espace de quelques semaines. Des rides se creusaient sur son front et il avait des cernes sous les yeux.

Il avait de plus en plus de mal à analyser la situation. Où se situait la frontière entre le rêve et la réalité ?

— Désolée.

Il se retourna avec un sursaut. Eve était là, appuyée contre le chambranle de la porte, un sourire timide sur les lèvres. Elle avait enfilé une nuisette et ses cheveux se répandaient sur ses épaules.

— Pourquoi ?

— De t'avoir embarqué dans cette histoire.

Il s'avança, mais elle recula pour s'asseoir dans un fauteuil, devant la fenêtre. Son air perdu lui serra le cœur.

— J'ai choisi, Eve.

— Contraint et forcé…

— Je réalise mon vœu le plus cher en me mariant.

— Dans l'absolu, mais pas avec moi. Tu ne peux pas avoir envie de t'installer à Londres alors que tu avais décidé de revenir à Marni.

— L'important, pour moi, est de fonder un foyer.

— Mais si loin ? Juste au moment où tes relations avec ton père s'améliorent.

— Nous reviendrons en vacances. Ils nous rendront visite.

Elle secoua la tête tristement.

— Tu finiras par m'en vouloir. Tu mérites une femme qui t'aime et t'offre la vie dont tu rêves, pas quelqu'un comme moi.

— Comment peux-tu dire une chose pareille ?

— Je suis un peu perdue. Je n'ai aucune certitude.

Quelle différence avec la femme qu'il avait rencontrée le premier soir ! Elle changeait beaucoup, se posait un tas de questions.

— Fais confiance à ton cœur, Eve.

Elle soupira.

— J'ai vécu si longtemps dans le déni et le ressentiment... J'ai peur de ne pas être une bonne épouse, une bonne mère...

— Sois toi-même, tout simplement.

— Et si cela ne suffit pas ?

— Bien sûr que si.

Il s'approcha pour la rassurer.

— Notre enfant sera comblé d'avoir une mère comme toi.

— Mais toi, Nate, si je te déçois ? Mes parents s'aimaient. Cela n'a pas empêché ma mère se sombrer dans la dépression et il est allé se consoler ailleurs. Je ne supporterais pas que la même chose nous arrive...

Il tomba à genoux devant elle et lui caressa la joue.

— Eve ! Je ne te tromperai *jamais*.

Cette seule idée le rendait malade.

— On ne peut jamais savoir, reprit-elle. Surtout dans un mariage sans amour...

Elle se renfermait sur elle-même. Elle était en train de lui échapper. Il avait conscience de marcher sur un fil.

— Comment puis-je te rassurer ?

— En étant honnête.

— Je l'ai toujours été.

— Tu m'aimes ?

Sa question brutale le prit complètement de court.

— Tu exagères. Après tout ce que tu m'as dit, tu n'as pas le droit de me demander cela.

— Ce n'est pas une réponse.

— C'est la mienne.

— Je veux un oui ou un non.

— Non, alors.

Comment aurait-il dit oui à une femme qui ne l'aimerait jamais en retour ? Et que les sentiments faisaient fuir ?

Elle le fixa longuement, puis se perdit dans la contemplation du clair de lune, au-dehors.

— Je refuse de vivre dans l'hypocrisie, Nate, déclara-t-elle au bout d'un silence pénible.

— Je ne comprends pas.

— J'en ai voulu à mes parents de jouer la comédie de l'amour. Même si je comprends maintenant qu'ils s'aimaient réellement, je les blâmais de vivre dans le mensonge.

— Eh bien ? Où veux-tu en venir ?

— Nous allons faire exactement ce que je leur reprochais. Je m'y refuse.

— Même pour notre enfant ?

— Pour son bien, justement. Je crois profondément à l'authenticité. On se doit de donner l'exemple. Un enfant ne se construit pas dans le mensonge.

Nate baissa la tête, catastrophé.

— Alors, tout est fini. Tu vas repartir à Londres sans moi ?

— Non, j'ai beaucoup réfléchi. J'en ai assez de mon travail, de ce milieu superficiel où les apparences priment sur l'essentiel. Je vais rester ici, entamer une nouvelle vie pour moi et notre enfant. Que nous gardions le ranch ou pas, tu y auras ta place.

— Ce n'est plus du tout la même chose.

— Notre enfant grandira plus heureux sachant que son père et sa mère mènent une existence qu'ils ont véritablement choisie.

Nate n'en croyait pas ses oreilles. Tout s'effondrait brutalement, alors qu'ils étaient si proches à peine quelques minutes plus tôt...

Réjouis-toi au moins qu'elle reste en Australie.

— Un jour, tu rencontreras la femme de ta vie et tu me remercieras.

Il faillit s'étrangler et ne répondit rien.

— On ne se marie pas à cause d'un enfant, ni pour se conformer à une clause testamentaire. Je te délie de ta promesse, Nate.

Elle ôta sa bague et la mit au creux de sa paume.

— Tu trouveras quelqu'un qui la mérite, qui t'aimera et te rendra heureux.

— Nous pourrions l'être ensemble.

— Sans amour ?

Elle referma ses doigts sur la bague, l'embrassa sur le front et se leva tristement pour se recoucher, la couverture sur la tête.

Nate était anéanti.

Qu'avait-il fait ? Qu'avait-il dit ? Ses rêves s'écroulaient à tout jamais. Parce qu'il avait menti.

Il l'aimait et ne pouvait pas le lui dire.

Quel effroyable dilemme... Quoi qu'il fasse, il était perdant.

12

Eve ne dormait pas.

Elle fit semblant jusqu'à ce que Nate s'en aille. Puis, elle jeta quelques vêtements dans une valise et se glissa au-dehors avant l'aube pour ne rencontrer personne. À cette heure-ci, elle avait des chances d'avoir un siège dans l'avion postal.

Malgré sa détermination, elle n'était pas prête à affronter tout le monde.

La souffrance était trop grande.

Elle laissa un mot à Rose.

Je suis partie à Melbourne pour voir Ana. Je t'appellerai.

Eve

Et elle s'enfuit.

Comme à son habitude. Sauf que cette fois-ci, elle reviendrait.

Mais d'abord, il lui fallait affronter la dernière énigme de son passé douloureux. Ana. Elle aurait dû prendre contact depuis longtemps avec sa demi-sœur.

Après s'être présentée à son adresse, Eve se retrouva dans le quartier de Saint Kilda, devant le petit restaurant hongrois tenu par les grands-parents d'Ana. Des voisins l'avaient obligeamment renseignée en lui indiquant l'endroit.

Le restaurant était encore fermé. Elle regarda à l'intérieur à travers la vitre. Des gravures de la vieille ville décoraient les murs. Il régnait là une atmosphère agréable et chaleureuse. Quatre personnes étaient attablées au milieu, en train de rire et bavarder.

Ana l'aperçut et se leva pour l'accueillir en la reconnaissant.

— Eve !

— Bonjour, Ana. J'aurais dû prévenir de ma visite...

La mère d'Ana arriva derrière elle.

— Qui est là ?

— Maman, c'est Eve. La fille de Holt.

Horriblement gênée de son intrusion, Eve chercha désespérément quoi dire. Le passé, le présent, le futur, tout se mélangeait dans son esprit. Elle éclata en larmes.

— Entre, Eve, dit Ana en la tirant par le bras.

On lui offrit à boire et à manger, mais elle était incapable d'avaler quoi que ce soit. L'amour et la gentillesse qui régnaient dans cette famille la rassurèrent. Ana avait été heureuse.

— Je suis désolée, Ana. J'aurais dû venir bien plus tôt.

Ana lui sourit timidement.

— Ne t'inquiète pas. L'essentiel est que tu sois là.

Elle l'embrassa affectueusement.

— Quoique... Je me demande ce que tu fais ici alors que tu viens de fêter tes fiançailles.

Pour toute réponse, Eve se remit à pleurer de plus belle.

— Rose ! Rose !

Affolé par la disparition d'Eve, Nate rattrapa Rose dans

la cour. Il avait passé la nuit dans le bureau de Holt Waverly, à chercher désespérément un moyen de libérer les sœurs de la clause testamentaire de leur père.

Rose se retourna, le dos voûté.

— Qu'y a-t-il ?

Son ton irrité le mit sur ses gardes.

— Où est-elle ?

— Ah, tu l'aimes quand même assez pour te faire du souci ?

Il fronça les sourcils.

— Je l'ai appelée ce matin, quand j'ai trouvé son mot. Elle m'a tout raconté. C'est bien dommage que tu ne l'aimes pas.

— Oh ! mais... Ce n'est pas du tout...

Comment expliquer la situation ?

— Je n'avais pas le choix, Rose. Tu sais comment elle est, farouchement contre tout sentimentalisme. J'ai eu peur.

— Tu lui as *menti* parce que tu avais peur ?

— Je me mentais aussi à moi-même. Je t'en prie, Rose, essaie de comprendre. J'ai passé la nuit à étudier cette maudite clause de mariage. J'aurais tant voulu lui redonner un peu d'espoir !

Il se prit la tête à deux mains.

— Où est-elle ? Il faut que je lui parle.

— Pour lui dire quoi ? La vérité ?

— Oui ! Je l'aime éperdument. Tant pis si elle refuse de l'admettre. Je tiens à dissiper le malentendu.

Rose se dérida comme par enchantement.

— Elle est à Melbourne pour voir Ana. Si tu veux, je t'emmène en avion jusqu'à Adélaïde. Ensuite, tu te débrouilles seul.

Quel soulagement. Eve poursuivait son entreprise de réconciliation familiale.

— Alors, tu viens ? Qu'est-ce que tu attends ?

— J'arrive !

— Mais attention, Nate. Si tu lui brises le cœur encore une fois, tu auras affaire à moi.

— Cela ne risque pas, Rose.

Eve était repue.

Dori et Zoltan, les grands-parents d'Ana, l'avaient gavée de gâteaux pour la réconforter. Émue par l'accueil et la gentillesse de Lili, Eve s'en voulait horriblement d'avoir détesté cette femme qui avait été la maîtresse de son père.

Le récit de Lili confirmait la version du journal de Rosamund. Très malheureux de constater l'échec de son mariage en dépit de tous ses efforts, Holt s'était jeté dans une liaison par désespoir. Rien ne le consolait.

Tout le monde avait souffert.

Mais Lili ne regrettait rien. Son amour pour Holt lui avait donné Ana, la plus grande joie de sa vie.

— Merci à vous tous, murmura Eve. Grâce à vous, je me sens déjà beaucoup mieux.

— Nous formons une grande famille, désormais, dit Ana. Je suis tellement contente d'avoir des sœurs. Trois !

Eve lui toucha le bras.

— Oui, moi aussi.

Dori fronça les sourcils en regardant vers la fenêtre.

— Zoltan, il y a quelqu'un qui rôde dehors. Va lui dire de s'en aller. Nous ne sommes pas encore ouverts.

Zoltan se leva en grommelant.

— Attends ! lança Ana. Eve, regarde, ce n'est pas... ?

— Nate !

Eve bondit sur ses pieds, le cœur battant. Il avait l'air harassé, bouleversé.

— Le fils du notaire ? Le fiancé ? s'exclama Lili.

— Oui, maman. Laissons-les tous les deux.

Ils s'éclipsèrent pendant qu'Eve allait ouvrir la porte.

— Que fais-tu ici, Nate ?

— Il fallait absolument que je te voie. Mais je ne veux pas déranger ta réunion de famille. Je peux attendre.

— Entre.

Elle s'assura qu'ils étaient seuls.

— Si tu t'inquiètes pour moi, tranquillise-toi. Je te suis reconnaissante de m'avoir parlé franchement et...

— Justement, non, coupa-t-il. J'ai menti et je ne me le pardonne d'autant moins que je sais combien il t'est difficile d'accorder ta confiance. J'ai été pris de panique. Si près de concrétiser mes rêves, j'ai eu peur de te perdre. Je ne pouvais pas courir ce risque.

— Quel risque ? Je ne comprends pas.

Il avança d'un pas, prit son visage entre ses mains et l'inclina vers le sien.

— Je m'explique. Je ne veux plus mentir, ni pour préserver une exécution testamentaire, ni par obligation envers notre bébé... Je t'aime, Eve. Je t'ai aimée dès le premier instant, et je continuerai à t'aimer que tu veuilles de moi ou non. Je n'ai pas le choix. C'est indépendant de ma volonté. C'est ainsi, tout simplement.

Elle entrouvrit les lèvres, abasourdie.

— Tout simplement ? répéta-t-elle sans oser y croire.

— Je ne m'exprime peut-être pas très bien, mais oui. Tu peux réfuter ma déclaration, la rejeter, cela n'y changera rien.

Encore hésitante, elle posa ses paumes sur ses mains.

— Je peux aussi la partager ?

Ce fut au tour de Nate de rester sans voix.

Les larmes aux yeux, elle lui sourit.

— Moi aussi, je t'aime, Nate. Même si j'ai mis du temps à l'accepter.

— Pourquoi n'as-tu rien dit ?

— J'avais l'esprit confus et j'avais peur. J'étais terrifiée à l'idée de te piéger dans un mariage que tu regretterais peut-être un jour.

— Jamais. Je le jure, Eve.

— Je te rappellerai cette conversation dans une dizaine d'années.

— Je relève le défi.

Il l'enlaça par la taille.

— Et toi ? Tu as confiance ?

— Oui.

— Dans ce cas, Evelyn Waverly, j'ai l'honneur de te demander ta main.

— J'accepte sans l'ombre d'une hésitation.

Ils s'embrassèrent longuement, éperdument, en perdant complètement la notion du temps.

Ana et sa famille finirent par toquer à la porte. Ils s'écartèrent à regret et Eve fit les présentations avec enthousiasme. Tout était pour le mieux. Enfin.

Pour elle, mais aussi pour le bébé, songea-t-elle, une main sur le ventre.

Épilogue

Garrison Downs, Outback, Australie du Sud
Fin novembre

— Evie, tu es prête ? lança Rose à travers la porte. Nate va encore croire que tu t'es sauvée, si tu ne te montres pas.

— J'arrive !

Lindy rajouta une épingle à cheveux dans son chignon et lui donna le feu vert.

— Rose, il va falloir me soutenir. Je ne tiens pas sur mes jambes...

Eve s'interrompit brusquement devant l'expression de sa sœur.

— Qu'y a-t-il ?

— J'ai l'impression de revoir maman.

C'était Rose qui lui avait soufflé l'idée de porter la robe de mariage de leur mère. Elle lui allait parfaitement.

La robe sirène, inspirée d'Hollywood, laissait les épaules nues et retombait en cascades sur ses chevilles. Elle reflétait l'élégance et le goût raffiné de Rosamund.

— Elle serait tellement fière, murmura Rose.

— Ne commence pas à pleurer, s'il te plaît ! Mon maquillage ne résistera pas.

— Elle est enfin prête ?

L'irruption de Tilly, suivie de près par Ana, acheva de déstabiliser Eve.

— C'est incroyable comme tu lui ressembles !

Elles s'enlacèrent tendrement toutes les quatre. La chevelure brune d'Ana contrastait avec la blondeur des trois autres, mais toutes avaient les mêmes yeux bleu pervenche.

Tilly sortit un mouchoir de sa poche.

— Tiens, tu risques d'en avoir besoin. Il était à papa...

— Oh ! tu es mignonne. Ils m'accompagnent tous les deux, maintenant.

— Moi aussi, j'ai un petit cadeau, dit Ana en lui tendant une pochette en velours.

— Il ne fallait pas, Ana. Tu as déjà fabriqué nos alliances.

« Oh !

C'était un cygne en argent avec des éclats de diamants, au bout d'une chaîne.

— J'en ai eu l'idée en parlant de toi avec Nate.

— C'est magnifique !

Rose accrocha le pendentif au cou de sa sœur.

— N'oubliez pas les fleurs, lança-t-elle à la cantonade.

Elles avaient chacune un bouquet de roses blanches.

Le grand salon résonnait des souvenirs d'antan, quand leur mère s'asseyait au piano pour accompagner les bavardages de ses filles avec leur père qui riait de sa belle voix grave.

L'espoir et l'amour avaient retrouvé leur place dans le cœur d'Eve, avec le bonheur.

Granny était la seule qui manquait, mais une visite était prévue très prochainement. Ce serait la première escale de leur voyage de noces.

Les doubles portes s'ouvrirent devant les quatre jeunes

femmes. Des gerbes de fleurs rose et ivoire décoraient la pièce. La musique changea de tempo et tout le monde se leva au signal du maître de cérémonie.

Nate l'attendait.

Je t'aime, articula-t-elle du bout des lèvres.

Il répondit de même.

Grâce à toi, maman, j'ai tout compris, murmura Eve intérieurement. *L'amour a d'innombrables facettes. Il suffit d'avoir confiance... et d'y croire.*

Vous avez aimé ce roman ?
Retrouvez en numérique
les premiers épisodes de « Héritières & mariées » :
1. *Un prince à conquérir*, Ally Blake
2. *Les noces d'Eve*, Rachael Stewart
Et découvrez la suite de votre série dès le mois prochain
dans votre collection Azur !